成長促進と願望チートで、異世界転生スローライフ？

Seichou sokushin to
Ganboucheat de
Isekai tensei slowlife?

Gotou Ren
後藤 蓮

Illustration
満水

登場人物紹介
カイム
リーデンス子爵家当主。
仕事ができる、ぽっちゃりイケメン。
ルカルドの父。
ルカルド
本作の主人公。
神様がくれたチートにより
"ぶっ壊れた"能力を持つ。
愛称はルカ。
エレナ
ルカルドの母。
ルカを溺愛するあまり
時々過激な行動も……

アリー
ルカルドの専属メイド。
セル
リーデンス家の執事。
アルト
リーデンス家の長男。大人しい性格だが食べ物へのこだわりは人一倍。
リーナ
ルカルドの姉。男勝りな性格で、母に負けないくらいルカを溺愛している。

プロローグ

俺の人生を一言で表すなら、不幸だ。

早くに両親を亡くし、叔父《おじ》の家で育てられた俺は、高校卒業後、とある企業に就職した。

ところが、その会社というのが……絵に描いたような超絶ブラック会社だった。

月の残業百時間超えは当たり前で、休みは月に一度あればいい方。それでいてボーナスも残業手当もつかないというひどい有様。

それでも気持ちだけは負けないようにと頑張り、二年間辞めずに働いたが、二十歳の誕生日を迎えた今日、俺は晴れて無職になった。

うん、自分の意思で退職したわけじゃないよ？

朝出社すると、オフィスがもぬけの殻《から》だったのだ。

どうやら社長が夜逃げしたらしい。日頃から経営が危ないんじゃないかと思っていたけど、まさかこんなことになるとは思わなかった。

で、上司から電話で自宅待機を命じられたというわけだ。無期限のね。

当然、今月分の給料だって振り込まれるはずがないので、家賃の支払いもままならない。

二年も逃げずに頑張ってきたのにこんな結果か……俺って一体なんのために生きてるんだろう……

俺は目の前の不安と将来への絶望にめまいを覚え、ふらふらとした足取りで帰路についた。


そんな陰鬱《いんうつ》な帰路の途中にそれは起こった。

俺の視界に飛び込んできたのは、蛇行《だこう》運転するトラック。運転手が居眠りをしているのか、赤信号でもスピードを緩《ゆる》める気配がない。

その進行方向には、信号待ちの女子高生が二人いたが、イヤホンをしていてトラックに全く気がついていない様子だ。

このままでは、あの二人はトラックに轢《ひ》かれて死んでしまうだろう。

俺は、目の前の光景を冷静に分析していた。


——でも、体は冷静ではなかった。

気づけば走り出していた。

ああ、どうして俺は女子高生を助けようとしているんだ？

今から走ったところで、間に合うかどうかギリギリのタイミングなのに。

下手をすれば自分も巻き添えを食らいかねない。

まして、見ず知らずの他人だ。

自分の命を張る必要なんてどこにもない。

見て見ぬふりをすればいいのに。

現に、この場にいる周りの人達は、足を動かそうとはしていない。事態に気づいていても、ただ呆然《ぼうぜん》と見ているだけだ。

おいおい、いい大人が揃《そろ》いも揃って女子高生を見殺しかよ。

まあ、それが普通なのかもな。

ああ、ほんと、なんで俺はそっち側にいないんだ。

どうせ、俺が死んで悲しむ家族も友達もいないんだし、根本的に彼らとは生きている世界が違うんだろうな。


——そんな人生もここで終わりそうだけど。

達観した思いで人生を振り返りながらも、俺は女子高生二人をトラックの進路から押し出そうと、決死の覚悟で駆け寄る。

さすがに二人もトラックの存在に気づいていたみたいだが、驚いて足が竦《すく》んでしまったのか、その場で棒立ちになっていた。

突き飛ばす瞬間、二人の顔が見えた。

二人とも、めちゃくちゃ可愛い……

なんとも場違いな考えだけど、それでも、人間いざという時にはくだらないことが頭に浮かんでくるものらしい。

だって、仕方ないだろ?

可愛いは正義なんだから。

……ああ、俺が生まれてきたのは、今日この二人の命を助けるためだったのかもな。

ははっ。

女子高生の命の恩人として死ねるなら、悪くない。

見知らぬ女子高生よ、俺の分まで生きてくれ。

せめて……幸せにな……

そこで、俺の意識は完全に消失した。

こうして、俺の二十年の人生は呆気《あっけ》なく終わりを迎えた。

◆

目が覚めると、真っ白くて何もない空間にいた。

あれ？　俺、さっきトラックに轢かれて死んだはずじゃなかったか？

もしかして、さっきのは夢だったのか？　てことは、社長が夜逃げしたのも夢か？

……いや、そんなわけないよな。目覚めた場所が自室ではない時点で察した。

ここは多分、死後の世界ってやつだろう。でなければ、こんな現実離れした光景、説明がつかないからな。

さて、現状把握《はあく》も済んだことだし、寝るか。

「おうい！　なんで寝るんじゃ！」

今さらどうしようもないと寝ようとしたところで、急にとてつもない声量で知らないお爺《じい》さんがツッコんできた。

びっくりして振り向くと、白髪《はくはつ》と長い白髭《しろひげ》が特徴的なしわしわのお爺さんが杖を片手に立っている。

そこで、俺はやっと気がついた。

そうか、ここはのど自慢大会の会場だったのか、と。

「いや、違うわい！　なんでのど自慢大会の会場だと思ったんじゃ⁉　意味がわからんわい！」

え？　何？　ここ、のど自慢大会の会場じゃないの？

なのにあんな大声出してんの？

だとしたらお爺さん、近所迷惑だから叫ぶのはやめた方がいいですよ。

それに、叫びすぎると喉《のど》壊しますよ？

いい歳なんですから、もっと体を労《いたわ》らないと……

「いや、なんでお主はそんなところに疑問を持っているんじゃ！　それに儂《わし》の体の心配をする前に、もっと気になること、あるじゃろう⁉」

そんな風に促《うなが》してくるお爺さん。ああ、なるほど、このお爺さんは、かまってちゃんならぬ、かまってお爺ちゃんか。

「あー、もういいわい。いつまでも付き合っていたらきりがない。勝手に説明を始めるから、しっかりと聞いておくんじゃぞ？　まず、ここはお主の部屋ではない。お主達の言うところの天界。『神の部屋』という場所じゃ。ちなみに儂は不審者ではなく、ここの住人、神じゃ」

神……だと？

「ああ、そうじゃ、儂が神じゃ」

本当に……神なのか？

「本当も本当、その名の通り、神じゃ」

……いやいや、ないない。さすがになんの取り柄《え》もない俺が、神に会えるわけがない。そんなの他でもない自分が一番わかっている。

これはきっと、新手《あらて》の詐欺《さぎ》か何かだろう。名付けるなら、神神詐欺というのがベストだな。

「……」

なんだ？　急に黙っちまったな、この〝自称神（笑）〟のお爺さん。

それにしても、今どき自分で神を名乗るとか、このお爺さんヤバイやつなんじゃないのか？　この場に携帯電話があれば、即通報したんだけどな。

ん？　ま、待てよ？　よく考えてみたら、俺はこのお爺さんに出会ってから何も喋《しゃべ》っていない。なんで声も出していないのに、このお爺さんは、俺の声が聞こえているかのように振る舞えているんだ？　もしかして心を読んでるとか？

いや……まあ、どうでもいいか。

「えぇっ!?　なんで答えにたどり着いた瞬間に！　一番重要なことが理解できたはずなのに！　そ

れをどうでもいいとポイ捨てするんじゃ!? おかしすぎるじゃろ、お主!」

はあー……。あー、うん。その、もう面倒なんで、おふざけはこのくらいにしておきませんか？

お爺さん？

「……」

えっ？ 無視ですか？

「……」

おーい！ 神様ー？

「ぜんぶ……」

ぜんぶ？

「全部お主のせいじゃろうが！」

うぉ!? びっくりした！

いきなり大声出すのはやめてくださいよ。

「はぁ、はぁ、はぁ、はぁ……。まさか、ここまで疲れるとは思いもしなかったわい……」

あー、はい。疲れてるところ申し訳ないんですけど、神様は一体全体なんの御用があって、私めのような一般人をこの……神の部屋？ に連行したんでしょうか？

ご説明して頂けると非常に嬉《うれ》しいんですが？

「なんでいきなり、そんなへりくだった言葉遣いになったんじゃ？　いや、それよりも、なんじゃお主。えらく冷静に物事を考える割に、自分の状況を理解しておらんのか？　ほれ、ちょっと、先程までのことを思い返してみい」

なんか馬鹿にされているような感じがして、少し癪《しゃく》に障《さわ》ったが、トラックに轢かれて死んだって話なら、ちゃんと理解してる。

「ほう？　普通は死んだとわかったら取り乱すものじゃが、お主は冷静じゃな？」

あー、うん。

まあ、家族はいないし、今まで生きてきて楽しいことなんてあんまりなかったから、未練もない。

どうせ、人なんていつかは死ぬ。

どんな理由であれ、人が死ぬ時はその人の運命的な寿命だと考えるようにしている。

俺の寿命はさっきまでで、必ずあそこで死ぬ運命だったんだと思えば特にショックではない。

それに、最後にいいことがあったからな。

まあ、そうは言っても、別に死にたかったわけでもないけどな。まだ連載中の漫画の続きとか見たかったたし。

「いや、漫画って。死にたくない理由が小さすぎるじゃろ……。まあよい。それにしても、お主は珍しい考え方をするのう。死ぬ時は運命で決まっている……か。確かに、その通りなのじゃがな。

お主の場合は、ちと事情が違うのじゃ」

へー。死の運命って考え方は間違ってなかったんだな。まあ、合っていたからどうというわけではないんだけど。

それよりも、俺の場合は違うって、どゆこと？

「ああ、実はな、本来ならお主はあの場では死なずに生き残る運命じゃったんじゃ。あれからさらに三十年以上は生きるはずじゃったが……何かの手違いで、お主の運命が捻《ね》じ曲がってしまったようなのじゃよ」

なるほどなるほど。

つまり、俺は本来ならまだ死ぬ運命ではなかったのか。

〝手違い〟ということは、恐らく神様かそれに準ずる存在が仕事をミスって、そのせいで俺の運命が変わってしまったといったところだろう。

で、謝罪するために俺をここに呼び出したと？

これなんてラノベ？

「ラノベ？　なんじゃそりゃ？　いや……まあ、とにかく、そういうことじゃ。今回は誠に申しわけなかった。それで……」

ああ、うん。この流れだともしかして、俺の魂《たましい》が今まで生きてきた世界での輪廻転生《りんねてんせい》の輪から外れてしまい、そのお詫《わ》びにチート能力を授けて別世界に転生させてやろう――とか、そういう展開になるんじゃないか？

いや、絶対そうだな。

「む？　な、何故わかったんじゃ？」

ほらね！

そして、転生するのは今まで生きてきた世界とは違って、剣や魔法があるファンタジーな世界。

そこにはレベルやスキル、色んな能力が数値となってわかる〝ステータス〟といった、ゲームみたいな仕組みがあるんじゃないの？

ちなみに、ゲームっぽい世界になっている理由は、俺が生きていた世界に干渉《かんしょう》した神様が、何かのゲームを元に新しい世界を構築したから。

まあ、だいたいそんな感じだろうね。

「⁉　凄《すご》い洞察力じゃな。いや、まさかなんの説明もせぬまま全部先に言い当てられるとは思っておらんかったわい。少しばかり悔《くや》しい気持ちになっておるのは……認めたくないものじゃのう」

わお！　まさか本当に当たるとは！

しかし、本当に異世界転生があるとは思わなかったわ。てか、俺がその当事者になるなんて、さらに思ってもみなかった。

神様が悔しがっている件に関しては、俺は関係ない。

あっ、ちなみに転生に拒否権ってあるんだろうか？

「いや、拒否することもできるにはできるが、その場合は魂ごと跡形もなく消滅してしまうんじゃ。じゃから、こちらとしても拒否するのはやめてもらえると助かるんじゃが」

なるほど。おーけ！　理解した！

でも、断ります！

「――いや、なんでじゃ！」

あー、すみません。今のはその場のノリです。気にしないでください。

それで、異世界転生についての正式な返事は、了承ということでいいですよ。

神様のお詫びを受け取らないのも悪いんで。

ささっと異世界転生させちゃってください。ばっちこーい。

「軽っ⁉　軽いぞ、お主！　だいたい、まだお主にお詫びの力を授けてないんじゃから、飛ばせないわい！」

ああ、そうだったそうだった。ちなみに、能力は選べたりするんですか？

「まったく……なんで神である儂がツッコミをせにゃならんのだ。えーと、能力が選べるのかだったな。まあ、選べるといえば選べるが、選べないといえば選べないな」

んー？　もしかして、何種類もある中からくじ引きのように俺が選んで、その能力を授かる。だから、選べるけど選べない……ということであってますか？

「……その推理力は一体全体どこで培《つちか》ったのじゃろうか？　説明の手間が省《はぶ》けている割に、時間が節約できていないのは不思議じゃが……。まあ、お主の言う通りで間違いない」

ふむふむ。まあ当たっているってことでいいんですね。

じゃあ、時間もないし、早速選ばせてもらっても？

「いや、時間がないなんて誰が言ったんじゃ？　はあ……もういいわい。お主にツッコミ入れるのもさすがに疲れてきたしの。さっさと済ませてしまおう。では、このカードの中から一枚好きなのを選べい」

はいはーい。

俺は心の中で適当に返事をして、神様が並べたカードの中から一枚を抜き取……ろうとして、手が滑《すべ》って二枚引いてしまう。

やっべ、間違って余分に引いちゃったよ。まあいっか。とりあえず見てみよう。何が出るかな？　何が出るかな？

【成長促進】【願望】

はっ？　なんだこれ？　成長促進と願望？　てか、この能力の説明とか書いてねえの？　どう見ても微妙そうなんだけど？

「……いや、まあ、うん。二枚引かれたのも驚いたが、そのどちらも儂がよう覚えておらん、大したことなさそうな能力っていうのも……。うん、まあ、引き直しはできないし、どっちもショボ……っと、あまり強力そうなスキルではないから、特別にお主には二つの能力を授けよう。その力で新しい人生を豊かに過ごすのじゃ。それでは、お主に幸福があらんことを……さらばじゃ！」

はっ？　え？　マジで能力の説明なしですか？　嘘でしょ！　おーい、神様！

てか、サラッとショボいって言いかけたよな!?

ちくしょう！　もう消えやがった、あの爺さん。

しかも、最後に〝さらばじゃ！〟とか、ベタすぎるだろ！

まったく、仕方のない神様だな……

はあー。それにしても、これまで自分の運の悪さは自覚してたけど、まさか死んだ後も同じだとは思わなかった。

でもまあ、仕方ないよな。

こうなったら、新しい人生は運が良くなることを願うしかない。

来世は運が良くなりますように！　お願いしまっす！

幸運（下）ＬＶ：１を取得しました。

え？

頭の中にそんなアナウンスが流れた直後、俺は意識を失った。

第一章　俺氏爆誕

フワッとした浮遊感とともに目が覚めると、突然物凄い光が視界いっぱいに広がった。

眩《まぶ》しさのあまり、俺は思わず顔をしかめる。

「ぎゃあーーー！　おんぎゃあーー！（うぉ!!　なんだ!?）」

びっくりして声を出したつもりだったが……どういうわけか、全てぎこちない泣き声に変換されてしまった。

いったい何故？

しかし、そんな疑問はすぐに自己解決した。

そういえば、神様に無理やり異世界に転生させられたんだっけか。

いや、無理やりではないか？　まあ、とにかく無事に新しい人生がスタートしたようで何よりだ。

状況がわかって安心したのも束《つか》の間《ま》、急に睡魔《すいま》が襲ってきた。

あー、やべえな。目覚めたばっかりだけど、また寝ちまいそうだ。

てか、目を開くこともできねえわ……

周りには何人か人がいるような気配が感じられるけど、生まれたてでまだ耳が機能していないのか、上手く声を聞き取れない。

いや、てか、マジで眠いな……

ダメだ……もう……

俺は睡魔に抗《あらが》うことができず、新しい人生が始まってから一分としないうちに、再び眠りについた。

新しい人生が始まってから三日くらい経過した。

最初は目も開けられなければ耳もあまり聞こえない——ていうか、そもそも五感がろくに働いていない状態で、起きている間は不安が拭《ぬぐ》えなかった。

しかし、栄養補給（母乳）と睡眠を何度か繰り返すと、魂が新しい体に馴染《なじ》んできたのか、なんとか五感を取り戻す（？）ことに成功した。

とはいえ、まだ自分の置かれている状況は何もわかっていない。

何せ体にまるで力が入らなくて、自分で寝返りをうつのもままならないのだ。

こんな時に身体強化みたいなスキルがあったら、自分を強化して今よりも便利な生活を送れるようになるんじゃないか。

まあ、そんなスキルが存在するのかわかんないけど。

でも、ないと決まったわけではないので、一応〝欲しいなー〟と願っておく。

すると……頭の中に聞き覚えのある声が鳴り響いた。


身体強化（下）ＬＶ：１を取得しました。


ん？　なんだ？

これは確か……そうだ！　あの神の部屋とかいうところで意識を失う前に聞いた声だ。

確かあの時は、〝幸運（下）ＬＶ：１を取得しました〟とか言ってたよな。

うん。でも、どゆこと？

てか、なんで何もしてないのに、身体強化なんて取得したんだ？

スキルだよね、これ？

確かに、あったら便利そうだから欲しいなーって、軽いノリで願ったけどさ。そんな簡単にゲットできちゃうの？　さすがにチョロすぎると思うんだよなー。

あれこれ考えていると、俺が寝ている部屋にある唯一の扉が開いて、誰かが入ってきた。

「なぁさたるさまかあれをかたけはわ」

満面の笑みを浮かべ、優しい声で何かを言いながら近づいてきたのは、多分俺の母親だ。

何故〝多分〟なのかというと、言葉がわからないからだ。いつも彼女が母乳を飲ませてくれるから、母親だとは思うが、乳母《うば》という可能性もある。

光り輝く長い金髪も、整った顔立ちも、見惚《みと》れるほどに美しい女性で、もし本当に母親なら、きっと俺は彼女に似た美形イケメン男子になるのだろうな。

将来がとても楽しみだ。

「はさかまらさまんはたやらかたま」

その隣《となり》では、栗色の髪の毛で、ふくよかな丸顔に丸体型の男性が、これまた慈愛《じあい》に満ちた目を俺に向けながら何か話している。

このワガママボディーな男性が、多分俺の父親だ。彼はいつも母親（仮）と一緒に俺を見に来ては抱きかかえてくれるから。

「はなたかあわはちかあにらかま？」

「あねまけほやかはちはた」

「あなむさたわはたかたやら？」

「かたやらさたらさまら」

異世界転生するって時点で、言語は日本と別物だろうなと覚悟はしていたが、言葉がわからないというのはどうにも不安だな。

まあ、これからゆっくり理解していけばいいか。

あの神様お爺さん、気を利《き》かせて言葉くらいわかるようにしておけよ――と、ちょっぴり不満に思ったのは内緒だ。

まだまだこの世界についてわからないことだらけだが、不思議と嫌な感情はない。

ブラック企業に勤めていた時はあんなに生きるのが辛かったはずなんだけどな……

両親の笑顔を見ていると、何故か今世では幸せに楽しく暮らせそうな気がする。そんな思いを抱きながら、俺はまた眠りについた。

◆

新しい人生が始まってから一週間ほど経過した。

最近の日課は、誰も見ていない時を狙っての筋トレだ。

え？　生後一週間なのにトレーニングなんてできるわけがないだろうって？

甘い甘い。その考えは砂糖十杯分くらい甘いよ。

ここは異世界であり、俺は転生者だ。そして、俺は転生する前に神様から成長促進というスキルを押し付けら――頂いている。

この成長促進というスキルについては、いまだ詳しくはわかっていないが、名前から判断すると、普通の人よりも早く成長できるというスキルなのではないかと思っている。

まあ、あくまで仮説でしかないのだけれどね。

ただ、普通なら生後数日の赤ちゃんは筋トレなんてやろうと思ってもできない。――てか、そもそもやろうとも思わないだろうけど。まあ、そこら辺はいい。

俺もトレーニングを始めてすぐの頃は、膝《ひざ》をついた状態での腕立てもできなかった。それどころか、寝返りしてうつぶせになることすらできず、せいぜい手足をじたばたさせるくらいだ。

でも、身体強化スキルを発動しながら手足を根気よく動かし続け、諦《あきら》めずに何度もトライしているうちに、段々と体力や筋力がついてきた。

その結果、どんどん成長していき、生後一週間にして腕立てや背筋、高速寝返りなんかもできるようになった。

これぞ俗にいう成長チートというやつなのだろう。

こうして、母乳を飲むか寝るかしかなかった俺の生活に、新たに筋トレが追加された。これでしばらくは退屈しないで済む。

それにしても、筋トレをした後はいつも以上に物凄く眠たくなってしまう。

とはいえ、この睡眠をとるのも俺にとっては重要なので、抗うことなく睡魔に身を任せるようにしている。

さあ、今日も寝ようかな……

気持ちよく眠っていたはずなのだが、何度も何度も絶え間なく送られてくる刺激――頬《ほお》へのツンツン攻撃を感じ、目が覚めた。

急に目を開けたので視界がぼやけていたが、時間が経つにつれて段々とはっきり見えてくる。

頭を少し動かすと、見知らぬ子供二人が、俺の頬を両サイドからツンツンツンツンしているのがわかった。

何してんだこいつら？

一人は母親と同じ金髪で、父親似のワガママボディーに丸顔の、おぼっちゃんみたいな男の子。歳は……見た感じ五、六歳くらいだろう。

もう一人は、父親とそっくりな栗色の髪で、痩《や》せ気味の少女。てか、美幼女？

男の子よりもツンツンする力が強くて、どこかお転婆《てんば》な気質を感じさせる。歳は……三歳くらいだろうか？

それにしても、どんだけ頬をツンツンしてくんの？　いい加減鬱陶《うっとう》しいんだけど？

そんな思いが伝わったのかどうかはわからないが、二人は頬をツンツンするのはやめて、今度は俺の頭をわしゃわしゃと撫《な》ではじめた。

うーん。なんだかわからないけど、妙に心地いい。

このままもう一度眠れそ……っていてぇ⁉

痛い痛い痛い痛い‼　ちょ！　おま！　もっとさっきみたいに優しくっ！

マジで痛いって！

突然、撫でる力が先程とは比べものにならないほど強くなり、痛みを感じて思わず顔をしかめてしまう。

すると、後ろから母親であろう美人さんが二人に何かを言って、俺を抱き上げてくれた。

美人さん、誰だがわかんないけどこの二人、ちゃんと叱《しか》っておいてくださいよ？　さっきのマジで痛かったからね。

年甲斐《としがい》もなく泣いちまうかと思ったわ。ん？　いや、今の俺は赤ん坊だ。むしろ泣く方が普通か。

怒られたわけではなかったのか、二人は母親に何かを言われた後も、まだ俺を見て楽しそうにはしゃいでいる。

が、新たに入ってきた父親に抱きかかえられて、二人とも部屋の外に連れていかれた。

もしかしてあの二人って、俺の兄と姉なんだろうか？

どことなく両親に似ているところがあるし、絶対そうだな。

うーん。それにしても、男の子の方はかなりのぽっちゃりさんだったな。顔のパーツ一つ一つは整っていて美形なのに、全体のフォルムが勿体《もったい》ない感じだ。

まあでも、健康そうだからいいか。

そんな風に考えていると、母親が心地いいリズムで歌を歌いながら、俺を抱いている手をゆらゆらと揺らし、寝かしつけはじめる。

これには、さすがに抗うことはできない。

今世、いや、前世からの経験も含めて、至高の時と呼べる時間だ。

俺は、やってきた睡魔に身を任せて、ゆっくりと眠りについた。

◆

新しい人生が始まってから二週間が経過し、ようやく言語がわかるようになってきた。この理解の速さにも、成長促進スキルが関係しているのだと思えて仕方がない。

今、俺が最も気になっているのは、この世界のことだ。

魔法と剣のファンタジー世界で、スキルという特殊能力なんかも存在しているという。

確か神様は、この世界にはステータスという自己の能力を数値化した指標があるとか言っていたはずだ。……いや、よくよく思い出すと、俺が自分でいわゆる異世界転生モノのテンプレ要素を説明していただけの気もするが……

まあ、とにかく、何が言いたいのかというと、自分の能力値を確認できるのならしてみたいということだ！

うん、決めた。絶対に今日中にステータスを確認する方法を見つけてみせる。絶対にだ。これは確定事項だ。

……うーん。とりあえず、前世で読んだ異世界転生小説の定番である〝ステータスオープン〟とか唱えてみようかな？

「あっきゃ、きゃっきゃあ!!（ステータス、オープン!!）」

相変わらず出てくるのは赤ちゃん言葉であるが、ちゃんとステータスオープンの意思を込めているから問題はない。

ルカルド・リーデンス　０歳　ＬＶ：１

体力：１０／１０　魔力：３／３

筋力：3　耐久：1　速さ：1
器用：1　知力：30　精神：5

【称号】
リーデンス子爵《ししゃく》家次男　転生者

【パッシブスキル】
幸運（中）LV：7　言語習得（上）LV：9

【アクティブスキル】
身体強化（下）LV：6

【ユニークスキル】
成長促進（神）LV：MAX　願望（神）LV：MAX

俺がステータスオープンと言ってすぐに、大量の文字情報が頭の中に流れ込んできた。目には見えないけど文字列として認識できる……不思議な感覚だ。

ていうか、この『ルカルド・リーデンス』って誰やねん！

俺は生粋《きっすい》の日本人……じゃなくて、今はもう転生して新しく生まれ変わっていたんだった。この世界に日本なんてないしね。すっかり忘れてたわ。てへぺろ？

待てよ……？　今気づいたけど、両親も二人の兄と姉もだけど、全員ヨーロッパ系の外国人っぽい顔立ちだったよな……？

じゃあ、もしかして……もしかしなくても、このルカルド・リーデンスってのが俺？

さっき頭の中に流れてきたのは自分のステータス情報だろう。疑う余地など皆無《かいむ》だったわ。

そうとわかれば、もっとゆっくり見てみよう。

……まだ色々と理解できていないが、一つだけ確かなことがある。

そう、それは……俺はまだ赤ん坊だから、今の状態だとめちゃくちゃ弱いってことだ。

いやいやいや、体力と知力以外まさかの一桁ですよ。

てか、能力値六つのうち半分が1で揃ってるね。知力が高いのは、多分前世の記憶があるからだろうけど、その他が絶望的。

ははは。こんな状態で襲われたら即死だわ、即死！　赤ん坊だしな、当たり前だ。

称号に関しては、どちらも普通だな。

転生者というのがモロバレなのが気になるから、後で隠蔽《いんぺい》スキルを取れるように願っておこう。

……ん？　よく見てみるとスキルが全体的におかしくね？

幸運って、確か（下）でレベル1とかだったはずだよね？　なんで（中）？　しかも、何もしてないのにレベル上がりすぎじゃね？

身体強化だって、まだ取得してから大して時間は経っていなくて、筋トレの時くらいしか使ってないのにすでにレベル6だし。

しかし、スキルレベルに比べると、ステータスの方はイマイチだな。あんだけ毎日筋トレしてステータスの上昇幅2って……やべえな。でも、体力が二桁になってるから、効果はあるのか。

元々の値《あたい》がわからない以上比較しようがないけど、ほかの数値を見るに、最初は体力も一桁だったに違いない。

このステータスの中で俺が最も気になるのは、ユニークスキルとされている二つ。神様にもらった成長促進と願望。

これ、どっちも（神）なんだけど、（神）ってなんやねん。

レベルMAXっていくつやねん。

わからん。なんにもわからん。

ただ、なんか凄そうな雰囲気《ふんいき》だけは伝わってくる。くそ、せめてヘルプ機能とかないのかよ、異世界！

あー、いいよもう。めんどくさいし。

多分だけど、幸運も身体強化も願望で得られたスキルだろうし、スキルレベルが上がる速度が異常なのも、成長促進の効果だろう。

神様は、なんかショボいとか言ってたけど、この二つをセットで持ってる俺って……もしかして、チートキャラ？

とりあえずステータスが見られた。

それは実に喜ばしいことだ。まさにファンタジーで、エキセントリックで、ゲームみたいで……とても興奮した。

だが、まだ甘い。まだまだまだまだ甘い。角砂糖十粒入れたコーヒーよりも甘い。

俺はステータスくらいで満足するような甘ちゃんではないのだ。

確かに、あんなショボいステータスでも、実際目にしたら満足感があった。

だがしかし！

ファンタジックでエキセントリックなゲーム的世界には、もっと重要な要素がある。

それが使えなくて何がゲームだ、何が異世界だ。

使えないなら、転生した意味なんてほとんどなくなってしまう。この先の長い人生が灰色一色だ。

だから俺は願う。

何に願うかと聞かれてもわからない。神様でも仏様でもなんでもいい。重要なのは、何を願うかなのだから。

お願いします!!　どうか!!　どうか!!　俺にも魔法が扱えますように!!

俺は願う。ひたすら願う。

そして、念じ続けること数秒……


魔力感知（下）ＬＶ：１を取得しました。

魔力操作（下）ＬＶ：１を取得しました。


あっ、早っ。

こんな簡単に取得するんだ。いや、確かに身体強化スキルの時もこんな感じだったか？　まあそんなことはいい。

とりあえず……

「あーぅぅーあぁー！　あーあぁー！（イィイーヤッタァー！　キタァー！）」

俺は、いまだ赤ちゃん言葉ではあるものの、全力で雄叫《おたけ》びを上げた。

だって、ついに、ついにきてしまったのだから。

これで俺も、ようやく魔法使いとしての第一歩を踏み出したということだろう？

何故か●●魔法みたいなスキルじゃなくて、魔力感知と魔力操作だったけれど、偉大なる一歩には違いない！

よし、さっそく試してみようじゃないか。まずは魔力感知からだ。

魔力感知を発動……ってこれ、パッシブスキル、つまり常時発動型だった。

でも、全然魔力なんて感知できないけど？　本当にパッシブスキルなのか？

とりあえず、自分の中に魔力があることはわかっているんだから、一旦集中してみよう。

なんだろう？体の内部全体に何かモワモワとした温かいものが巡《めぐ》っている感じがする？　ん？

血液が全身を巡っている感覚なんて自分でわかるわけがない。となると、これが魔力……なのか？

血液、なわけないよな。

いや、魔力なはずだ。でなければ、こんなもの感じられるわけがない。

だとすると、これを操作すればいいのか。

待てよ？　魔力操作って……やっぱりパッシブスキルじゃねえか！

もう勝手に動いて全身を巡りまくってるんですが？

常時発動タイプで、すでに自動で操作されているなんて……認めない！　そんなつまらないもの、俺は認めんぞおー！

謎のテンションで、魔力操作スキルに宣戦布告すると同時に、コントロールを奪うために試行錯誤《しこうさく》誤《ご》を開始する。

全自動で動いているというなら、無理やりにでも俺のものにしてやるよ！　覚悟しておけ、魔力操作スキル！

数分間の死闘の末、ついに俺は魔力操作スキルに勝利した。

「あー、あーー、あーーーー!!（ふっ、ふふっ、ふははは！）ううー、うーーあー！（見たか、これが俺の力だ！）あーー、あうあーーー、ううあああ。うーあー、ううーーあーー。ああうーあーー、あうあううー、あうーあーあーーーうあ！（だが安心しろ、魔力操作スキルよ。お前は死ぬわけではない。俺が丁寧に、大事に使ってやるから、今後も俺のために力を貸してくれよ！）あうっ！　あうう、うーあー!!（ふっ！　これにて、一件落着!!）」

発した声は〝あ〟と〝う〟だけで構成されていたが、いい感じに決まった――と思う。

かくして俺は、ついに自力での魔力操作を行なうことに成功した。

同時に、今保有している魔力を使い果たし、気絶するように気持ちよーく眠りにつくのだった。

◆

魔力感知や魔力操作スキルを覚えてから数日が経過した。

この数日間は起きている時間の大半を魔力感知と魔力操作に費《つい》やしている。そのおかげもあって、スキルレベルはかなり上がっていた。

そんな毎日を過ごしていて気づいたのだが、どうやら体内の魔力が枯渇《こかつ》すると気絶してしまうようだ。

幸《さいわ》いにも気絶するだけで、身体には全くの無害だから（気絶している時点で問題がないわけではないけど）俺は自重《じちょう》せずに突っ走って魔力操作し、自ら気絶の道を歩んでいる。

当然、ステータスに大きな変化が見られた。

まあ、百聞《ひゃくぶん》は一見にしかずということで、早速お見せしよう。

それでは、いってみよう！

「あーーー、うーーーあ!!（ステータス、オープン!!）」

ルカルド・リーデンス　０歳　ＬＶ：１

体力：45／45　魔力：85／85
筋力：6　耐久：1　速さ：1
器用：1　知力：45　精神：50

【称号】
リーデンス子爵《ししゃく》家次男　転生者

【パッシブスキル】
幸運（上）LV：2

【アクティブスキル】
身体強化（下）LV：9　魔力感知（上）LV：3　魔力操作（上）LV：5

【ユニークスキル】
成長促進（神）LV：MAX　願望（神）LV：MAX

おわかりいただけただろうか？

そう、見ての通り、一週間前とは比べ物にならないほど……と言ったら大袈裟《おおげさ》だけど、かなり成長しているのだ。

中には全く上がっていないものもあるが、それは置いておくとして。

注目すべきは、体力、魔力、知力、精神、そしてスキルだ。

まず魔力。

ステータスの中で最も伸びたのが、この魔力だ。しかし、別に驚くことはない。偶然ではなく必然の結果と言える。

何故ならここは異世界で、俺は異世界転生した存在であるからだ。

早い話、よくある設定――いわゆるテンプレってやつだ。

体内の魔力を全て使い切ったら、その後に最大魔力量が上がる設定は、前世で読んだ異世界小説モノでも定番だったから、すぐにピンと来た。

そもそも、自分が今生きている世界を〝設定〟なんて言葉で説明をするのはおかしいのかもしれないけど、元々別の世界で生きていた俺がそういう言葉を使ってしまうのは仕方ないと思う。

次に、大した運動もしていないのに体力の数値がかなり伸びた理由を推測してみた。

恐らく、魔力を使い果たして毎日何回も何回も気絶しているからだろう。

何を意味のわからないことを言っているんだ？　と思うかもしれないが、これは事実なのだ。

気絶をする前と後で、数値の変動があったんだから間違いない。

魔力を使って体力が上がるのでは因果関係がおかしいから、気絶という現象に紐付《ひもづ》いていると考えるのが自然だろう。

とにかく、気絶をすると何故か体力の値が上がる。原理はわからないけど、上がるったら上がるのだ。

次は、精神。

これも体力同様、気絶した後に数値の変動を確認している。

精神に関しては、気絶したから上がったというよりも、気絶するのも厭《いと》わずに積極的に魔力欠乏《けつぼう》を起こしまくることで、精神力が鍛《きた》えられたんだと思う。

魔力を使い果たせば、魔力量が上がるし、気絶して体力も精神も上がるしで、まさに一石三鳥である。

お次は知力。

何故か大して勉強もしていないのに結構伸びている。

この伸びは一番の謎だったが、答えは案外単純かもしれない。

恐らく、俺がこの世界の言葉を理解し、自分の力で情報収集して知識を増やしているからだ。

それ以外だと、知力＝魔法力みたいな設定もありそうだが、今のところ俺は魔法を覚えていなくて一つも使えないので、その線は考えにくい。

もし魔法を覚えた時に知力の値が上がったら、考えを改めよう。

最後に、諸々のスキルについて。

幸運、魔力感知、魔力操作はいつの間にか上になっているし、大して使っていない身体強化のレベルまで上がっている。あり得ない程のスキルレベル上昇速度。

やはり成長促進はかなりのチートだと考えざるをえない。

それに加えて、願うだけで簡単にスキルを取得できる原因であろう願望の方も超絶チートだ。

うん、まあ、あって困るものではないし、多分何かまずいことがあれば神様が夢の中に出てくるというお約束展開を信じて、俺は気にせず突き進もう。

そういえば、最初に取得した時はパッシブスキル扱いだった魔力感知と魔力操作が、今はアクティブスキルになっている。

恐らくこれは、俺が無理やり発動方法を捻じ曲げたせいだ。とはいえ、アクティブ化した方が意識的にスキルレベルを伸ばせるので、このままでいいだろう。

多分これも願望チートさんのおかげだよな。

ありがたやありがたや……

いやー、それにしても、たった二週間とちょっとしか経っていないのにかなり成長したよな、これ。この世界の人間の平均的なステータスがどれくらいかわからないとはいえ、恐らく赤ん坊の中だったら最上位候補でしょ。

別に最強とかは目指してないから、そこら辺はどうでもいいんだけどね。

俺のこの世界での目標は、前世でできなかった生き方をすること。

すなわち、自由に、幸せに生きる——である。

そのために、今のうちに何ものにも縛《しば》られないような強さを身につけるつもりだ。

さて、今日もいっちょ、気絶していきますか！

◆

さて、魔力感知や魔力操作を毎日行なうことによって、魔法関連のステータスは軒並《のきな》み上昇した。

俺の感覚的には、もう魔法を十分に扱えるステータスになっているのではないかと思う。

だったらやることは決まっている。考える必要などない。

次は、魔法を覚える！

と、大々的に宣言したものの、どうすりゃいいんだろうか？

魔導書みたいにわかりやすい何かがあるのか、それとも結果をイメージしながら自力で魔力を操ればそれが魔法になるみたいなパターンか？

ん？　待てよ。もしも仮にこの世界の魔法がスキルとして認識されているのだとしたら、願望チートで使えるようになるんじゃないか？

この前は願い方が曖昧《あいまい》だったから、もっと具体的に考えよう。

たとえば魔法って言ったら火魔法とか、水魔法みたいな属性魔法があるよな。あとは、精霊魔法とか召喚魔法とか……うーん、そもそもどういう魔法が存在するのかわからないな。

とりあえず〝この世界にある全部の魔法を使えるようになりますように〟とか願ったら……

火魔法（下）ＬＶ：１を取得しました。
水魔法（下）ＬＶ：１を取得しました。
氷魔法（下）ＬＶ：１を取得しました。
雷魔法（下）ＬＶ：１を取得しました。
風魔法（下）ＬＶ：１を取得しました。
土魔法（下）ＬＶ：１を取得しました。
木魔法（下）ＬＶ：１を取得しました。

光魔法（下）ＬＶ：１を取得しました。
闇魔法（下）ＬＶ：１を取得しました。
無魔法（下）ＬＶ：１を取得しました。
治癒《ちゆ》魔法（下）ＬＶ：１を取得しました。
結界魔法（下）ＬＶ：１を取得しました。
重力魔法（下）ＬＶ：１を取得しました。
付与魔法（下）ＬＶ：１を取得しました。
時空間魔法（下）ＬＶ：１を取得しました。
精霊魔法（下）ＬＶ：１を取得しました。
契約魔法（下）ＬＶ：１を取得しました。
召喚魔法（下）ＬＶ：１を取得しました。
生活魔法（下）ＬＶ：１を取得しました。

え？　え？　嘘でしょ？
今のでもしかして、願望発動しちゃった……の？
——って……いっっってえええぇえぇえぇえええ！

頭が！　頭が割れる!!　死ぬぅー!!

やばいやばいやばい。頭が弾《はじ》ける！

死ぬ！　やばいこれマジで死ぬって！

「おぎゃあーーーー！　あぎゃあーーーー！　あぁああ!!」

涙が出るほどの激痛というか、もう号泣しながら悶絶《もんぜつ》するくらいに頭が痛い。

俺の泣き声を聞きつけたのか、部屋に急いで誰かが入ってきて抱きかかえてくれた。

ああ、優しく抱きしめられると、ちょっとだけ痛みが和《やわ》らい……でない！

痛い！

「ぎゃあぁぁ!!　おんぎゃあーーー!!　ああぁああ!!」

俺はなりふり構わずのたうち回って泣きじゃくる。

くそ、マジでやばい。本当にやばい。

下手したら死ぬんじゃないのか？

まだ俺はこの世界に来てから二週間しか生きてないんだぞ？

新しい人生を存分に謳歌《おうか》すると決めていたのに、こんなところで死ぬとか最悪だ。

あーくそ！　どうにかならないのか、誰か！　誰か助けてくれ!!

いつまでも引かない痛みに悶絶していると、俺を抱きかかえてくれていた誰かが、穏やかな声音《こわね》でゆっくりと何かの文言を唱えた。

「神聖なる神の力をもって、かの者の苦痛を和らげよ。『キュア』」

声が聞こえた瞬間、淡《あわ》い光に包まれ、凄く温かい、ほわほわとした優しい何かが全身を駆け巡っていくのがわかった。

その感覚が全身にいき渡ると、不思議とさっきまでの激痛が和らぎ、気づけばもう痛くも痒《かゆ》くもなくなっていた。

しかし、それとは別に今度は激しい睡魔に襲われる。いや、これは睡魔というよりは、いつもの気絶に近い。

だめだ、もう意識を保てる自信がない。

ああ、せめて、せめて、今俺に……多分治癒《ちゆ》魔法？　をかけてくれたのであろう命の恩人にお礼を言わなくちゃ……

「……あーうーあーううあーうー……（……ありがとうございました……）」

上手く声を出せたかはわからないが、俺は感謝の言葉を告げ終えるのと同時に意識を手放し……

そのまま眠るように気絶した……

◆

どうも、ルカルドです。ちゃんと生きてました。

あーうん、マジで死ぬかと思ったわ。

いや、本当にやばかった。めちゃくちゃやばかった。

初めて死んだ時は三途《さんず》の川は見えなかったけど、さっきは見えた気がしたよ。

本当に、俺に治癒魔法をかけた誰かには、いくら感謝しても足りない。

俺の泣き声を聞いて駆けつけてくれたわけだし、あの落ち着く感じの声は多分母さんだな。

両親の愛情を受けて育てられるのがこんなに幸せだとは知らなかったよ。

ああ、母さん。本当にありがとう。俺が大きくなったら必ず親孝行しまくるから、これからもよろしくね、ママン。

——って、いけねえ。このままでは、いつかマザコンになってしまう。

心の底から感謝しているが、好き好きとべったりしすぎるのはあまりに痛い。

それにしても、先ほどの頭痛の原因ってなんだったんだろうか？

考えられるものといえば、一気に大量の魔法スキルを取得したことくらいだよな？

明らかに、スキルを取得した直後から、あの頭の内側からガンガンとハンマーで殴《なぐ》りつけられている波動のような痛みを感じた。

多分、あれは一気にスキルを取得した代償なのではないだろうか？

どう考えても、全部の魔法を一度に覚えるなんて普通はあり得ないはずだ。

一時的にキャパシティを超えていたとか、なんらかの負荷が異常にかかっていたとか……そういうことかもしれない。

結局真相はわからないけど、またあの痛みを感じたくはないから、もう一度別のスキルか何かで試そうとは思わない。

とにかく、これで俺は魔法が使えるようになったんだろ？　ならいいじゃないか。

結果よければ全てよし！

これで念願の魔法使いですよ、奥さん？

でも、俺はまだこんなところでは満足はしないぞ。

せっかく、誰もが一度は憧《あこが》れる魔法使いになれたんだ。ただの魔法使いで満足してたまるか！

いずれは、世界を股に掛ける大魔導士……いや、大賢者になりたいよな。

いや、なりたいじゃない！　必ずなってやる‼

この時の俺は、安易なスキル取得でとんでもない頭痛に苦しんだことなどすっかり忘れて、浮かれきっていた。

後先考えずに、またしても無自覚に願ってしまったのだ。

そして、その結果……


大賢者（下）ＬＶ：１を取得しました。


あっ、やっちゃった……

かくして俺は、勢いと成り行きで大賢者スキルを手に入れた。現在、世界で誰も所有していない（と後でわかった）賢者スキルを飛び越して、その上位版スキルを。

最年少賢者――いや、最年少大賢者の誕生の瞬間であった……

◆

新しい人生が始まってから二ヵ月が経過した。

すでに言語習得は完璧だ。成長促進さんには足を向けて寝られない。

それはさておき、ここ最近のことを語ろう。

基本的には俺の行動パターンは大きくわけて二通りある。

誰もいない時は相変わらず魔法スキルや他のスキルのレベル上げを行なっていて、逆に人がいる時は、言語理解と情報収集をしている。

その結果、かなりの情報が得られた。

まず、正式に自分の名前がルカルド・リーデンスだと判明した。

ステータスにも記載されていたが、他の人達も間違いなく俺を〝ルカルド〟と呼んでいる。

ちなみに、愛称はルカだ。なんだか女の子っぽい響きもあるけど、結構気に入っている。

家族についてもわかってきた。

まずは、一家の大黒柱、カイム・リーデンス。

ただの茶髪のぽっちゃりさんだと思ったら、なんと領地持ちの貴族らしい。

そういえば俺のステータスにも〝子爵家次男〟と書いてあったな。

でも、まさか本当に貴族だったとは思わなかった。本当にびっくりだよね。

確かに、母さんだけじゃなくて、メイドさんっぽい人が俺の世話に来たり、部屋で俺を愛《め》でる父さんのことを、お上品な執事っぽいおじさんが呼びに来たりするから、ある程度裕福な家なんだろうとは思っていたけど。

正直言って、父さんは威厳《いげん》がある感じではないし、みんなが普段着ている服装も結構普通で、そんなに金持ちっぽくはない。

貴族の服って、もっとヒラヒラしたりキラキラしたりしているイメージだったけど、さすがにあ
あいうのはよそ行きなのか。
貴族の生活や身分にはあまり詳しくないから、子爵なんてどうせ一番低い爵位だろうな……と
思っていた時期が俺にもありました。
案外、そうでもないらしい。
俺の生まれたこの国の爵位は、上から大公、公爵《こうしゃく》、侯爵《こうしゃく》、伯爵《はくしゃく》、子爵《ししゃく》、男爵《だんしゃく》、準男爵、騎士爵ま
である。子爵はだいたい真ん中だね。
うん、そう考えると大したことないのか？
とにかく、下《した》っ端《ぱ》ではないということだ。
リーデンス家は結構歴史のある家で、父さんは十代目の当主なのだそうだ。
貴族だけど鼻につく嫌な性格ってことはなくて、俺に向けてくれる愛情はとても温かく、一緒に
いると落ち着ける、とても素晴らしい父親である。
そして、いつも優しくしてくれる金髪の美人は、母さんのエレナ・リーデンス。
母さんは元々男爵家の次女で、子爵家であるリーデンス家との繋《つな》がりを作るために嫁《とつ》いできたら
しい。
そんな政略結婚的な成り行きで結婚したにもかかわらず、母さんは父さんのことを心から愛して

いるみたいだし、俺を含め、自ら腹を痛めて産んだ子供に最大の愛情をそそいでくれている。

こちらも、とても素晴らしい母親だ。

それから、前に俺のほっぺたをツンツンしていた男の子は、兄のアルト・リーデンスで、六歳らしい。

その下に三歳になる姉、リーナ・リーデンスがいる。

つまり、俺はこの家の次男で、第三子ってことだ。

次男の俺は爵位を継ぐことはないから、貴族家といっても将来に大きな影響はない。

でも、不自由のない暮らしを送れるのはありがたいと思う。そこら辺は父さんやご先祖様に感謝だ。

それに、母さんみたいな美人を奥さんにできるっていうのは、貴族の利点の一つなのかもしれないな。

ゆくゆくは家を出て、一人で生きていかなきゃいけない時が来るのはわかっている。だから、それまでに少しでも何か親孝行ができればいいな。

その第一歩として、近々、みんなが見ている時にでも寝返りやハイハイを披露《ひろう》して両親を喜ばせてあげようと画策している。

普通の赤ちゃんって、半年くらいでハイハイするものなのかな？

まあ、異世界だし、ちょっとばかり早くても気にしないでしょ！

成長促進さんのおかげで体の発育が早いのが悪いんだよ？

俺悪くないよな？　うん、悪くない！

まあとにかく、半年経つ頃には、伝い歩きくらいはできるようになっておきたいし、今日も一日頑張りますか！

◆

新しい人生が始まって五ヵ月が経過した。

相変わらず、魔法やスキルのレベルを上げる毎日だ。その成果もあって、今ではステータスがとんでもないことになっている。

論より証拠だ。早速確認しようじゃないか。

「すーえーあーすーおーうーん！（ステータスオープン）」

ルカルド・リーデンス　０歳　ＬＶ：１

体力：180／180　魔力：10085／10085
筋力：55　耐久：10　速さ：30
器用：25　知力：2500　精神：1500

【称号】
リーデンス子爵家次男　神童　転生者　世界最年少賢者　魔導王

【パッシブスキル】
幸運（神）LV：MAX　無詠唱（王）LV：9　言語習得（神）LV：MAX
隠蔽（神）LV：MAX　聞き耳（王）LV：1

【アクティブスキル】
身体強化（王）LV：1　魔力感知（王）LV：9　魔力操作（王）LV：9
鑑定（中）LV：5

【魔法スキル】

火魔法（下）ＬＶ：５　水魔法（下）ＬＶ：３　氷魔法（上）ＬＶ：１
雷魔法（下）ＬＶ：１　風魔法（王）ＬＶ：９　土魔法（下）ＬＶ：１
木魔法（下）ＬＶ：１　光魔法（上）ＬＶ：３　闇魔法（中）ＬＶ：２
無魔法（王）ＬＶ：２　治癒魔法（王）ＬＶ：１　結界魔法（上）ＬＶ：２
重力魔法（上）ＬＶ：２　付与魔法（上）ＬＶ：３　時空間魔法（上）ＬＶ：２
精霊魔法（下）ＬＶ：１　契約魔法（下）ＬＶ：１　召喚魔法（下）ＬＶ：１
生活魔法（上）ＬＶ：９
【ユニークスキル】
成長促進（神）ＬＶ：ＭＡＸ　願望（神）ＬＶ：ＭＡＸ
【称号スキル】
大賢者（中）ＬＶ：７

ちなみに、スキルのレベルは最大で１０だ。ただし、最大値になると〝位《くらい》〟がランクアップして、一段階上のランクのレベル１になる。

スキルのランクは全部で十段階存在するみたいだ。

下から順に、下・中・上・特・聖・王・帝王・覇王《はおう》・精霊・神だ。

称号については……うん。考えてはいけない。見なかったことにしよう。

まあ、隠蔽スキルを願望さんで取得して、レベルＭＡＸまで育ててちゃんと他人にはわからないようにしてあるからバレることはないし、問題ないよ！　オールオッケー！

いや、それにしても……

明らかに生後五ヵ月の赤ちゃんのステータスではないわな！　あっはっはっはっは！

うん。やりすぎちったっ。てへぺろ？

さすがにこれは言い訳できないよねー。

ちょっと調子に乗りすぎてるって、自分でもわかっている。

でも、後悔はしていない。俺の辞書に自重という単語は載ってなかったんだから。誰がなんと言おうと、この成長は俺に必要だったんだ！

それに、ちょっと魔法系スキルが高いだけで、後はそうでもないし。スキルが多いくらいは許容範囲でしょ？

なんて言って目をつぶるわけにはいかないんだよな……

いや、というのも、あれはちょっと前のことだったか？　異世界では定番の鑑定スキルを願望さんにお願いして取得して、部屋の中にあるものを片っ端から鑑定しまくっていた。
その時、たまたま兄さんが部屋に俺の様子を見に来たので、出来心で鑑定してみたんだけど、その結果がね……

アルト・リーデンス　ＬＶ：１

体力：１００／１００　魔力：５０／５０
筋力：５０　耐久：３０　速さ：１０
器用：２０　知力：８０　精神：３０

【称号】
リーデンス子爵家長男

【スキル】
剣術（下）ＬＶ：２　体術（下）ＬＶ：１　身体強化（下）ＬＶ：１
火魔法（下）ＬＶ：１　無魔法（下）ＬＶ：１　生活魔法（下）ＬＶ：２

うん。まあ、こんな感じ。

最初見た時はマジでビビったよ？　だって、ほとんどのステータスが俺以下なんだもん。兄さん本当に六歳？　さすがにステータスが残念すぎないか。

知力とか精神はまだしも、生後五ヵ月の赤ん坊に筋力で負けてるってどうなのよ？

もっとも、こっちはまだ手足が短くてバランス悪いし、関節もグニャグニャで、自在に自分の体を操れるわけじゃないから、単純に力比べはできないけど。

だいたい、五歳の時から最低限の訓練はやっているって聞いたぞ。

もしかして、毎日ちゃんと取り組まずにサボりまくっているんじゃないのか？　絶対そうだ！

鑑定した時だって、いつもなら稽古《けいこ》している時間だったはずだもん。

……まったく、兄さんは仕方ないなあ。

そうは言っても、俺は異世界から転生してきたチートキャラ。対して兄さんは〝普通の人〟だから、比べるのは酷《こく》というものか。

全て俺が自重せずにやりすぎたのがいけないんだ。兄さんは何も悪くない。ごめんよ、兄さん。

今後はステータスやスキルを上げないように、もっと気をつけた方がいいだろうか？

うーん……

まあ、別にいいや！

だって俺、自由に生きるって決めたし。

次男で爵位は継げないんだから、早く強くなっておかないと、独り立ちした時に何かと困っちゃうかもしれない。遠慮《えんりょ》なんかしてらんねえぜ！

こうして俺が自重をかなぐり捨てたことによって、思ってもみなかった大きな影響が、未来に訪れるとか……訪れないとか……

なんてね？

◆

さて……俺、ルカルド・リーデンスは今、隠密《おんみつ》スキルを発動しながらの移動——名付けて〝隠密ハイハイ〟で、屋敷の中を探索していた。

わざわざ隠密スキルを使っている理由は、周りの人が心配するからだ。

最近ハイハイで屋敷を駆け回りすぎたせいで、家族や使用人達に見つかると、何かあったら大変だと、すぐに部屋に連行されるようになってしまった。

仕方がないので、願望さんにお願いして隠密スキルをもらったのだ。

まったく……俺は、見た目は赤ん坊でも、頭脳は大人だぞ？　そんなに心配しなくていいんだけど。

とまあ、愚痴《ぐち》はそれくらいにして、近況報告をしよう。

最近、ハイハイをマスターして家を自由に移動できるようになったから、さらに色んなことがわかってきた。

まず、この家は俺が想像していたよりもずっと裕福だ。

さすがは貴族、子爵家ってところか。

俺達家族が住んでいる屋敷は三階建てで、部屋数も余裕で二桁を超えている。

俺が普段寝かされている部屋は一番上の三階だ。

この家では、執事を一人、メイドを八人、メイド見習いを一人、料理人を一人、見習い料理人を一人、庭師を一人……と、合計十三人も使用人を雇っている。

一部の使用人は領内の街から通いで来ているので、ここに住んでいるのは家族含めて全部で十二人だ。

十人以上住んでいるのにまるで狭苦しさを感じないのだから、この家がどれだけ広いかよくわかる。

屋敷は丘の上にポツンと一軒だけある感じだ。

周りの家が離れているおかげで、騒がしくないのも良い。

窓から眺めた外の景色に電柱や街灯がなかったり、家の中に電化製品がなかったりするのを認識して、ここが日本よりも文明が発達していない世界なんだと改めて思い知らされた。

日本育ちの俺としては、スマホやテレビ、漫画やゲームといった娯楽《ごらく》が一切ない世界なんて、少し憂鬱《ゆううつ》な気分になる。

けど、そんな娯楽があったからといって、前の人生が幸せだったわけじゃない。

むしろ、この世界には憧れの魔法があるんだから全然気にする必要ないと思い直し、すぐに気持ちを切り替えられた。

今日はどこを探索しようかと考えていると、いつも俺が寝ている部屋の方から女性の叫び声が聞こえてきた。

「あぁぁあおあぁあ！　ルカルド様がまたいない！」

母さんがいない時にいつも世話をしてくれている、俺専任メイドのアリーの声だ。

くそぅっ、まだ部屋を出てから一分も経っていないというのに、もうバレてしまった‼

今日こそは自室のある三階から下の階に行ってみようと思っていたのに、これではまたすぐに見つかってしまう。

いや、待て。落ち着け、俺。まだ慌てる時間じゃない。

俺は今、隠密スキルを絶賛発動中だ。まだランクもレベルも低いとはいえ、すぐにはバレないはず。

今は一刻も早く階段にたどり着くことを優先しよう。

俺は必死にハイハイして、屋敷の無駄に広く長い廊下《ろうか》を移動する。ハ・イ・ハ・イ・ズ・ハ・イ・になるくらい物凄い勢いのハイハイだ。

おっ！　やっと階段が見えた！

ここで一度、追っ手が来ていないか、振り向いて確認する。

よし、まだ追いつかれてないな。ふふっ、悪いが、俺は先に行かせてもらうぞ！

まだ中学生くらいの年齢のアリーに負けるわけにはいかんのだよ、ふははははっ!!

心の中で嘲笑《あざわら》いながら階段に直行しようとしたその時、不意に目の前の部屋の扉が開き、俺は顔面を強《したた》かに打ちつけた。

「へぶぅぅうぅうー！」

うぉー！　いってぇ！

堪《たま》らず変な声が出てしまった。

このままではガチ泣きしてしまうので、すぐに無詠唱で治癒魔法を使って治しておく。

まだ赤ちゃんだから、痛みには弱いんだよ俺は！　くそ、こんなことなら何か苦痛に耐えられるスキルを取っておくんだったな。

苦痛耐性（下）LV：1を取得しました。


いや、取れたけど……今取れても遅いよ！

まあ、今後も何かあるかもしれないし、ありがたいけどね。願望さん、助かります。

「ん？　何かにぶつかった……ってルカルド様っ⁉　だだだ、大丈夫ですかっ⁉」

扉を開けた人物は、俺の存在に気づいて慌てて駆け寄ってくる。

犯人はこの屋敷のメイド長を務める三十路《みそじ》超えの最年長メイド、ナージャだった。

彼女は俺を抱きかかえて頭を触診《しょくしん》する。

うん、もう治癒魔法で治っているからなんともないんだけどね。とりあえず、いつまでも心配させておくのも悪いし、大丈夫だと伝えよう。

「あー！　うーーあい！」

俺は首を上下させて、無事を訴《うった》える。

「へっ⁉　大丈夫？　わ、わ、私の言ったことわかったんですか？」

ナージャは不思議そうに顔を覗き込んできた。

「……？」

いやいや！　返事しているんだから、理解しているに決まってるじゃないか。

何を当たり前のことを言ってるんだ？

俺が首を傾《かし》げると、彼女は何やら別の解釈をして勝手に納得してしまった様子で、ぶつくさ言っている。

「なんだ、偶然か……。それもそうよね。まだルカルド様は生後五ヵ月だし。そもそも、ハイハイできるだけでも早いのに、言葉まで理解していたら神童なんてレベルじゃないわよ。まったく、ちょっとびっくりしちゃったわ」

いやいや、ちょっとどころじゃない取り乱しっぷりだったけどな。

しかし、ちゃんと言葉を理解しているのに、それをわかってもらえないのって、なんか悔しいな。

上手く発音できないのは仕方ないけど、なんとか伝えられないものか。

「あーーうーお！」

「ん？　どうしたんですか？　ルカルド様？　まさか、どこか痛みがあるんじゃ……」

違う違う！　ただ、言葉を理解してるって言いたいだけだって！

「あーー！　あーーーうーーあうーうあーおーー！（あー！　なんでわかんないんだよおー！）」

「んー？　泣いているわけでもないし……というか、むしろすごく元気そうね。この様子だと大丈夫かな？　とにかく、怪我がないようで本当によかったわー」

だめだ、全く伝わらない。

まあ、怪我がないっていうのはわかってくれたみたいだし、別にいいか。

そんなやりとりを続けていると、後ろの方から誰かが走ってくる足音が聞こえてきた。多分、アリーが俺の声を聞きつけて来たんだろう。

「あー！　よかった！　見つかったぁー！　って、なんでメイド長がルカルド様をっ!?」

アリーは俺を見つけて一瞬安堵《あんど》したものの、ナージャが俺を抱いているのに気づいて大声を上げた。

すぐにしまったという顔をして、両手で口元を塞《ふさ》いだけど……もう手遅れだよ。

ナージャの眉《まゆ》がぴくりと動く。

「アリー、〝見つかった〟とはどういう意味ですか？　まさか目を離していたとは言いませんよね？色々と聞きたいことがありますが、今はルカルド様を部屋にお連れするのが先です」

「あ……はい！　では、ルカルド様、一緒にお部屋に戻りましょうか！」

さて、隠密行動は早々にバレてしまったし、大人しく部屋に帰るとするか。

今日は部屋の中ですでにトレーニングをしまくって疲れているし、お昼寝と洒落《しゃれ》こもう。

とはいえ、抱きかかえられて帰るのは、ハイハイができるようになった俺のプライドが許さない。

俺はナージャの腕の中でもがいて、下ろしてほしいと要求する。

俺の念が通じたのか、ナージャが床に下ろしてくれた。

「あー！」

俺はアリーに〝行くよー！〟と伝えて、先にハイハイで部屋の方に向かう。

「それにしても、まだ生まれて五ヵ月しか経ってないのに、あれだけの速さでハイハイをするって……本当にルカルド様は凄い赤ちゃんだわ」

ナージャが俺の背中を見ながら呆《あき》れた様子でこぼした。

「本当に凄いですよねー。ちなみに、アルト様とリーナ様はどのくらいの歳からハイハイとか始めたんですか？」

アリー、そんなところで話してると置いてくよ？

なんか長くなりそうだし、構わず先に行くか。

「そうね。確か、アルト様は十ヵ月を過ぎた頃で、リーナ様は七ヵ月の頃だったかしらね？　リーナ様の時もみんな大したものだと騒いでいたけど、ルカルド様は別格だわー。……ってアリー、早くルカルド様を追いかけないと、また見失うわよ？」

「ああっ!?　ル、ルカルド様ー！　ちょっと待ってくださーい！」

いつの間にかかなり先に進んでしまった俺に気づき、アリーが慌てて走ってくる。

彼女はさっき注意されたばかりなのをもう忘れてしまったのか、あからさまに安心して気を抜いている様子だ。

「ふぅー。怒られなくてよかったー」

おい……ナージャが〝今は〟って言っていたのが聞こえなかったのかな？

あれはどっからどう見ても怒っていた。ナージャは俺がまた泣き出さないように抑えていただけだ。

あとでたっぷり搾《しぼ》られるのは確定だな。アリー、哀《あわ》れなり。

とまあ、俺が何か言ったところでこのお転婆メイドには伝わらないので、もうこれ以上考えないことにした。

うん、今日もいつもと変わらず平和な一日だな。

◆

新しい人生が始まって、半年が経過した。

俺は相変わらず、スキルレベルやステータスを上げることと、ハイハイで屋敷を歩き回ることを日課にしている。

ただ、最近では二日に一回の割合で家族サービスをしなければいけなくなっている。これは少し計算外だった。

そもそも赤ん坊が家族サービスなんてできるわけないだろうって思うかもしれないが、俺は普通ではない。

父さん母さん、それに兄さん姉さんが何を求めているのかわかってしまうから、その期待に応えなければという義務感に駆られるのだ。

寝返りを始めた時も、周りの声や視線に気づけば、俺は何度も転がってみせて、家族や使用人達を笑顔にした。

そして今も、ハイハイで絶賛サービス中だ。

一旦ベッドから床に下ろされた俺を囲むように、父さん、母さん、兄さん、姉さんが座り、一斉にこっちにおいでと四方から手招きしてくる。

変な諍《いさか》いが起きないように、家族全員に対して、ハイハイで向かう回数がなるべく均等になるように注意せねば。

「ふふふっ、ルカ、また私のところにおいでー！」

母さんは満面の笑みで俺を呼ぶ。

しかし、母さんのところには一回前に行ったばかりだから、次は母さんの番じゃないんだ。ごめんなさい。

「あー！　母さん、ずるいよ！　さっきも母さんだったじゃないか！　今度は僕の番だよ！　さあ、ルカ！　こっちにおいでー！」

「アルト兄様のところじゃなくて私のところにおいでー？　頭なでなでしてあげるから、こっちにおいで、ルカー」

兄さんと姉さんもそれぞれ懸命《けんめい》に俺を誘導してくる。

さて、今回はどっちに行こうかな？　順番的には兄さんの方が先なんだけど……

すまん、兄さん。姉さんの頭なでなでは至高なんだ！　次は絶対に兄さんに行くから！

「ああーあーあーー！」

俺は気合の叫び声を上げながら、ハイハイで姉さんのいる場所を目指す。

俺が到達すると、姉さんはまだ小さな体で俺をそっと抱きしめて、優しく頭を撫でてくれた。

うんうん、やはり姉さんの頭なでなでは最高ですな。

しばらくの間、姉さんがご満悦の表情で俺を愛《め》でていると、それに嫉妬《しっと》した他の三人が声を上げる。

「リーナ、そろそろいいんじゃないか？」

「そうよ、リーナ。ルカはみんなのルカなんだから、早く元の位置に戻しなさい？」

「リーナ、次は僕の番だろ？　ルカを早く解放してくれないかな？」

三人とも、家族で俺の次に年幼い幼女に容赦《ようしゃ》ないな。大人気《おとなげ》ないと思わないのかな？

とはいえ、他の三人にしても、赤ん坊の俺がこれだけハイハイで向かってきて甘えるんだから、早く自分の順番になってほしいと思うのも仕方ないことなんだけどね。

「うーーー。もう、仕方ないなー！　ルカ？　もちろん次も私のところに来てくれるわよね？　待ってるからね？」

姉さんは渋々といった感じで承諾して、俺を元の位置に戻す。

てか、次も連続で姉さんの所に行ったら、さすがにみんな本気で悔しがっちゃうから無理だよ？

そろそろ疲れてきたけど……今日はあと何周すればいいのかな？

うーん。みんなの表情を見る限り、これはまだまだ終わりそうにないな。

後ろの方では、仕事が一段落したメイドや執事も俺の自室に集まってきている。

しかも、揃いも揃ってこっちにも来てほしいという期待の眼差《まなざ》しを向けてきているじゃないか……

もう、仕方ないな！　何回かに一回は、そっちにも行くから、そんな顔しないで待っててよ！

使用人へのサービスも忘れない。当たり前だよね？

◆

新しい人生が始まって十ヵ月が経過した。

生後約五ヵ月でハイハイしてみせた俺は、半年が経つ頃には掴《つか》まり立ち、さらにその一ヵ月後には伝い歩きを披露した。

その都度、家族や使用人のみんなは感激するから、さらなる家族サービスをしなければいけなくなってしまったが、自分の成長を喜んでくれている人達の顔を見ると、なんの苦にもならなかった。

ただ、一つだけ失敗したと思ったのは、披露する相手の順番だな。

掴まり立ちや伝い歩きを最初に見せたのは、俺の専任メイドのアリーだった。

それは日頃から俺の世話を嫌がらずにやってくれる彼女への恩返しの気持ちでもあったのだが、それを知った母さんの嫉妬っぷりときたらもう……正直言って怖かったよ。

俺と一緒にいる時は、毎日毎日こう言ってくる。

「初めて歩く時は……私に披露してくれるわよね？　ルカ？　信じてるからね？」

そうやって、満面の笑みで脅《おど》——頼むんだ……

俺を寝かしつける時なんて、それが子守歌代わりだよ。

そんなことがあったから、俺は初めて歩くのを披露する時は絶対に母さんの前で、と決めていた。

そして、今日……運命の日はやってきた。

「ほおーら、ルカ？　こっちにおいで？」

母さんは、ベッド上で座っている俺に向かって、いつも通りハイハイで自分のところに来るように手招きした。

今、この部屋には俺と母さんしかいない。

まさに絶好のタイミングである。

ていうことで、さっそく……

ルカ、いっきまぁーす！

俺は心の中でアホみたいに景気よく叫んで、ミッションを開始した。

まずはハイハイをする……と見せかけて、ベッドの端に掴まって立ち上がり、手を離す。

マットレスは割と硬めなので、この上でバランスを取るのは容易《たやす》い。

さて、初めて自分の力だけで立っている息子を見て、どんな気持ちだい？

母さんは驚きのあまり目を見開いて固まっている。

ふふっ、まだだよ。まだこれからだよ！

俺は心の中でそう告げると、母さんがいるベッドの端に向けて、一歩ずつ、ゆっくりと歩を進める。

初めての歩行なので、上手く歩けない。

なんとか転ばないように必死にバランスを取りながら、母さんのもとへと歩んでいく。

いち、に。

いち、に。

いち、に。

いち、に。

いち、に。

ぎこちなく足を運ぶこと数秒。

ようやく母さんのところにたどり着いた。そこから俺は、迷わず母さんの豊満な胸めがけてダイブした。

もちろん赤ん坊だから、いやらしい気持ちなんて一つもない。そこにあるのは安心感だけだ。

ところが……

せっかく初歩きを披露したのに、母さん全然反応してくれないんだけど。

何かあったのか？

母さんの表情を確認するために、胸に埋めていた顔を上げると……

「ル……ルカが……」

ん？　俺がどうしたんだ？

「ルカが……」

うんうん、俺が？

「ルカが……」

いや、どんだけ焦《じ》らすんだよ！

「ルカが歩いたわぁぁあー!!」

「あぅっっっ!?」

俺が心の中でツッコミを入れた瞬間、母さんが今まで聞いたことないくらいの大声で叫んだ。

あまりの大音量に、変な声が出てしまった。

「あっ！　ごめんなさい、驚かせちゃったわね。――って、それより、ルカが歩いたわ!!　昨日まで伝い歩きだったし、私が初めてルカが自分だけの力で歩くのを見たってことよね？　ふふっ、やったわー！　ルカに毎日毎日頼んでいた甲斐があったわね！　ふふふっ。ルカが歩いた。ルカが歩いた。なんてめでたい日なのかしら!!　今日はルカ記念日だわー！」

いや、母さん。あなたは頼んでいたのではなく脅し……まあ、これだけ喜んでくれているんだ、いくら心の中だけとはいえども、水を差すのは無粋《ぶすい》というものか。

俺はしばらくの間、狂喜乱舞《きょうきらんぶ》する母さんに、されるがままの状態で身を任せたのだった。

◆

一歳になる直前の出来事だった。

俺は、誰かがいる時は家族サービスがてら部屋を歩き回ってみせ、誰もいない時はスキルのレベル上げをするという日常を送っていた。

そんなある日、ふと思ったのだ。

どこかで読んだ小説みたいに、賢者スキルって、俺の質問に答えてくれたりしないのかな……

そんなことを考えてしまった好奇心旺盛《おうせい》な赤ん坊こと俺が次に取る行動など、誰でも予想がつくはずだ。

俺はさっそく大賢者スキルに質問を投げかけてみた。

(大賢者スキルさん、俺の声が聞こえますか？)

『スキル所有者からの質問を確認。質問への回答はイエスです』

おおおお!!　キタァー!!

なんか女性っぽい声が頭の中に響いたぞ。

最近は、言葉も完全に覚えて歩けるようにもなったし、そろそろ書斎《しょさい》に行ってこの世界の歴史書とか色々な本を読み漁《あさ》ろうと思っていたけど、大賢者さんで解決するかもしれない！

（大賢者さん、ここがどこだかわかりますか？）

『スキル所有者からの質問を確認。質問への回答はイエスです。ここは、アデル大陸北西部に位置する、ハイデル王国に属するリーデの街です。現在はリーデンス子爵家の領地になっています』

すげえすげえすげえすげえ!!

大賢者さん、まじ半端《はんぱ》ないって!!

歴史書とか色々な本を読んで調べようと思っていたけど、大賢者さんのおかげでもうわかっちゃったよ！

大賢者さん万能すぎだよ！

あとはもうちょっと質問の回答が簡略化したらさらに良いな。

最初の〝質問を確認――〟とかなんとかいうくだりはいらないと思うんだよね。そんな形式張った感じじゃなくて、楽に回答してもらった方が、こちらとしてもやりやすい。

でも、さすがにそれは望みすぎかな？

『スキル所有者からの要望を確認。スキル所有者の要望に応え、回答プログラムを最適化します。……最適化完了しました』

うえぇぇえええ!?　マジ？　今のはマジなの!?

おっと、いかんいかん。落ち着け、俺。クールになろう。

こういう時は、考える前に試せばいいんだよな。なんかいい質問は……そうだ！

（大賢者さん、俺が転生してきたこの世界は、なんと呼ばれているか、ご存知ですか？）

『はい。この世界は、創造神アステル様が創《つく》られたという逸話が残されているため、アステルという名で呼ばれています』

うん、凄く簡潔になっている。

それにしても、アステルって名前だったんだな……

もしかしたら、あの時会った自称神様のお爺さんが、その創造神アステルとやらだったのかもしれない……

まあ、もう会う機会はないだろうし、確かめようはないんだけどね。

それよりも今は、この世界について色々と知りたいことが山ほどあるんだから、どんどん聞いていこう！

（この世界にはどんな暦《こよみ》が存在しているの？）

『この世界には、アステル歴という暦が存在します。暦はスキル所有者の前世の記憶にあるものとほぼ同一で、一年は三百六十五日。一月《ひとつき》は、三十の月と三十一の月があり、一週間は七日で定義されています。また、一日の時間は二十四時間です』

（今年はアステル歴では、何年になる？）

『アステル暦千五百十五年です』

（大賢者さんは、歴史をどのくらい記憶していて、どこまで俺に開示できるの？）

『アステル歴初年度から現在までの世界史全ての情報を開示可能です』

……とまあこんな風にどんどん質問をしまくった結果、短時間で実に様々なことがわかった。

ていうか、一日で全て聞き終えるのは不可能だな。知りたい情報を全部教えてもらおうと思ったら、半年から一年くらいはかかりそうだ。

前世では勉強なんて好きじゃなかったのに、大賢者スキルからこの世界についての知識を得ることをとても楽しく感じる。

当初の予定では、人目を盗んで書斎に籠《こ》もり、本漬けの生活を送るはずだったんだけど……これなら相当時間短縮ができて、なおかつ正確な歴史を学べそうだ。

さて、まだ休む時間じゃないし、引き続きこの世界のことを大賢者さんから学ばないとな……

この日、成長促進と願望に続いて、大賢者スキルもチートスキルの仲間に入った。

俺の中での三大チートスキルが、今ここに爆誕したのだった。

第二章　一歳になった

俺がこの世界にきてから一年が経過した。

つまり、俺は晴れて一歳になったわけだ。とは言っても、やっていることは今までと大して変わらない。

基本はスキルのレベル上げと家族サービス。空いている時間に大賢者先生による世界史の授業という感じだ。

ただ、家族サービスの方が最近はマンネリ化の一途《いっと》をたどっている。だって、寝返り、ハイハイ、掴まり立ち、伝い歩き、二足歩行が終わったんだよ？

他に家族を喜ばせる行動なんて残ってないよ！

なんて考えていた時期が俺にもありました。

そんな安易な考えを否定し、次なる家族サービス案を俺に与えてくれた存在。それこそ、我が知識の泉、大賢者先生だ!!

大賢者スキルと質疑応答ができると知った時はものすごく驚いたが、今回はそれをさらに超えていた。

ついさっき、五分ほど前のことだ。

(何か他に、母さんや姉さん達を喜ばせるようなことができないかなー。でもなー、まだ一歳だしなー。魔法とか使うには早いよなー。どうしたものか……何かいい方法が思いついた人、挙手!)

なんて冗談混じりに心の中で独白していたその時だった。

『マスターは、生まれてから現在に至るまでに家族と言語を用いたコミュニケーションをしていませんので、言語を使ってみてはいかがでしょうか?』

そんな提案を大賢者先生が俺にしてきたのだ。

それはまさに天啓《てんけい》。俺の脳に稲妻《いなずま》が駆け抜けた。

そうだ、まだそれがあったか! ってね。

え? いつから大賢者スキルが流暢《りゅうちょう》に自然な会話するようになったのかって? なんで呼び方がマスターになってるんだって?

そんなの、レベルが上がって大賢者先生が凄くなったからに決まっているじゃないか。逆に、それ以外にどんな要因があるというんだね?

ちなみに、マスターってのは大賢者先生が勝手に呼んでいるだけで、俺はそう呼べって強要したわけじゃないからね? 勘違いしないでよねっ!

大賢者先生が流暢に喋ろうと、俺をマスターと呼ぼうと、大賢者先生の勝手じゃないか！

いや、そりゃまあ大賢者先生の変わりように最初は俺もびっくりしたけどさ。最終的に便利だからいいんじゃね？　で終わりだよね。

さて、大賢者先生からの助言も受けたことだし、早速家族サービスをしなければ。

でもその前に……

(先生、助言ありがとね。ありがたく実行させて頂くよ)

『私などが先生と呼んでいただくのはおこがましいので、ちょっと……』

大賢者先生は俺に褒められてなんだか恥ずかしそうにしている。でも、優秀だから、やっぱり先生だよな。

(これからもよろしくね、大賢者先生)

『はい。マスターの願いを叶えるのが私の使命であります。また何かあればお申し付けください。それでは』

そんなやり取りをしていると、早速今回のターゲットである母さんと姉さんが揃って俺の部屋にやってきた。

フッフッフ……

今日からまた君達を俺の虜《とりこ》にしてくれるわっ！

そんな鬼畜《きちく》大魔王みたいなセリフを心中で吐き捨てて、俺は二人の家族を喜ばせるために、ベッドから飛び起きるのだった。

「ルカー！　お姉ちゃんが遊びに来たぞおー！」

扉を勢いよく開けて走り込んできたのは、俺より三歳年上のリーナ姉さんだ。

その後からゆっくりとした足取りで、母さんも部屋に入ってくる。

「こら、リーナ、そんなに騒がないの。ルカが寝てたら起こしちゃうでしょ？　仕方ない子ね」

「何言ってるの、母さん？　ルカは起きてるよ？」

母さんは優しく窘《たしな》めるが、姉さんはそんなのまるで意に介していないようだ。まったく……なんてお転婆な姉だ。

二人がベッドに近づいてくる前に、俺はゆっくりと起き上がり、ベッドから下りるために行動を開始する。

「あら？　ルカどうしたのかしら？」

「ルカ？　何するの？　お姉ちゃんと遊ぶのー？」

ふっふっふっ。二人とも完全に油断しておるわ！

これから俺がとびきりのサプライズを披露するから、せいぜい楽しんでくれたまえ……

俺はそんな内心をおくびにも出さず、ベッドから下りる。そして、まずは母さんの方に向けて転ばないようにゆっくりと歩きはじめた。

それを見た母さんはすぐに俺を歓迎し、両手を広げる。

「ルカー。早くおいでー」

「ぶー、母さんずるいー！」

俺が母さんの方に向かっているので、姉さんは頬を膨《ふく》らませて不満を露《あら》わにしている。

でも、今は我慢していてほしい。次は姉さんの方に行くから、もうちょっとだけ待ってて。

数秒もせずに俺は母さんの足元にたどり着き、そこで一度足を止める。

俺がそのまま飛びついてくると思っていた母さんは、不思議に思ったのか、首を傾げて様子を窺《うかが》っている。

俺はそのタイミングに合わせて母さんの方を見上げ、口を開いた。

「まぁーまー」

「っっっっっ⁉」

俺の言葉を聞いた母さんは、ハッと目を見開き、驚きのあまり言葉を失った。

俺は構わず、母さんの豊満な胸を目掛けてダイブする。

母さんはいまだ衝撃から立ち直っていないが、無意識のうちに反応して、両手で俺を抱きしめくれた。

少しして、母さんはようやく我に返ったものの、先程の俺の言葉が幻聴だったのではないかと疑っているらしく、ものすごく真剣な目で見つめてくる。

ふふっ、驚いてる驚いてる。

さて、追撃をくれてやろうじゃないか！

俺は今一度母さんを見上げて、首を傾げながらあざとくこう言う。

「まぁーま？」

「はぅぅぅぅうー！　ルカが、ルカが私のことを、ママって、ママって言ったわー!!」

母さんがものすごい声量で叫んだせいで俺は耳をやられ、頭の中に直接響くくらいの耳鳴りに襲われた。

「ルカ！　もう一回！　もう一回ママって呼んでみてっ!?」

あまりの喜びっぷりに、サプライズを行なったこっちまでびっくりさせられたが、母さんが望むのなら俺は何度でも口にしてあげよう。

「まぁーま！　まぁーま！　しゅきーー！」

最後にはおまけ付きだ。

「ルカー！　私もルカのこと、愛してるわよー！　ふふっ、ふふふっ、なんて可愛い子なのかしら！　それにしても、まさかこんなに早くママって呼んでもらえるなんて思わなかったわー。やっぱり、ルカは天才なのかしら？　ふふふふふふっ」

「親馬鹿《ばか》ここに極まれりって感じで、母さんは俺のことを強く抱き締めながら自分の世界に浸《ひた》っている。

てか、抱きしめる強さが半端じゃないよ？　密《ひそ》かに身体強化スキルを発動してなかったら骨が折れるんじゃないかってレベルの抱擁《ほうよう》だ。

俺は内心焦りながらも、母さんが落ち着くまではされるがままになっていようと決めた。

これは長くなりそうだなー、と思っていると……我慢できなくなった姉さんが、母さんの手から奪い取るように強引に俺を引き剥《は》がした。

まったく、うちの女性陣は何かと乱暴だな。

「母さんだけずるいー！　ルカ!!　ルカ!!　私は！　私は誰かなー？」

姉さんの勢いと形相《ぎょうそう》があまりにすさまじかったので、俺は一瞬呼ぶべきか躊躇《ためら》ってしまう。

しかし、呼ばなかった後のことが恐かったため、俺は必死に笑顔を作り、怯《おび》えてないですよアピールをしながら呟《つぶや》いた。

「ねぇね？　ねえね！」

「くぅううー！　そうよ！　私があなたのお姉さんよ！　ふふふっ、可愛いルカ。ルカは絶対に誰にも渡さないんだから！」

くぅううー！　って……あんたはどっかのサッカー解説者ですか？　果たしてそれ、こういう場合の喜びの表現として適切なのか、はなはだ疑問だな。

てか、あんまり姉さんに構いすぎると、重度のブラコンになる可能性がある。いや、もう手遅れかも……

それでも俺は、姉さんに求められる限り、何度でも〝ねえね〟と呟いてあげるのだった。

あ、ちなみにこの後、母さんと姉さんの歓喜の叫びを聞きつけてやってきた父さんと兄さんのこともちゃんと呼んであげたよ？

さすがに男ってだけで呼ばないのは可哀想《かわいそう》だからね。

でも、二人を構ったあとに、再度母さんと姉さんにサービスをしなきゃいけなくなったのは、少し計算外だったな。

何はともあれ、今日も我が家は平和です。

◆

早いもので、一歳になってから半年が経過した。

この半年間の間は、ひたすら大賢者先生とのマンツーマンレッスンをしたおかげで、一歳になる直前から始まった世界史の授業の全てが終了していた。

まさかこんなに短い期間で終わるとは思っていなかった。

でも、それよりも驚きなのが、大賢者先生から教わった授業の全ての内容を記憶できているということだ。

これには自分が一番びっくりした。

だって、前世ではそんな頭が良かったわけじゃないからね。

十中八九、ステータスの知力値が高い恩恵だとは思う。あと、スキルもかな。

とまあ、目標としていた歴史学習を終え、しばらくお休みタイムに入ってもいいところなのだが、俺はもうすでに、次にやるべきことのために行動中だったりする。

てことで、やって来ました、書庫！

え？　どうやってここまで来たのかって？　もちろん徒歩でですが何か？

ハッハッハ！　一歳半にもなれば、たいていの子供はスイスイ歩けるものだろ？

親や兄姉、果ては使用人全員までもが俺を天才天才と煽《おだ》てるが、これくらい普通だよな。

書庫のドアだって、軽くジャンプしてドアノブを捻《ひね》れば開けられちゃうし、別に大したことないでしょ。気にしない、気にしない。

――って、今は俺の目的に沿った本がこの部屋にあるのか探さなくちゃ。

まあ、うちの書庫はかなり広くて本も大量にあるから、絶対見つかると思うんだけどね。なかったら……その時に考えよう。

十数分書庫を探検した結果、無事にお目当ての本を発見した。それとは別に、タイトルを見て惹《ひ》かれた本を加えた十数冊を運び出して、目の前に並べる。

書棚の下の方にあるものは簡単に取れたが、上の段のものは脚立《きゃたつ》を動かさなくてはならなくて、結構大変だった。

俺が集めた本は次の通り。

『ハイデル王国の歴史　上・中・下巻』
ハイデル王国の成り立ちと、現在に至るまでの歴史が記された本。

『十傑《じゅっけつ》物語　上・下巻』
世界を魔王から救った十人の英雄の物語。

『創造神アステルと三人の英雄』
世界を作った創造神アステルの神話。

『錬金術のススメ』『鍛冶術のススメ』『魔道具作製のススメ』『薬術のススメ』『魔法のススメ』

これらはそれぞれのスキルの説明書。

『植物図鑑』『魔物図鑑』

世界に生息している植物、魔物の生息地、特徴が記された図鑑。

『世界の国から』

世界各地を旅した冒険者が書いたとされる、世界の国々の紹介書。

『スキル辞典（千五百十二年版）』

現在確認されている全スキルの名前、効果、恩恵などが記された辞典。


正直、予想以上の収穫だった。

中でも、各種スキルの説明書とスキル辞典、図鑑なんかは、暇つぶしにはもってこいだ。それに、『世界の国から』とかいうタイトルの本も、テレビの旅行番組みたいで興味をそそられる。

英雄や創造神の物語も面白そうだ。何せ剣と魔法のファンタジー世界であるこの世界（アステル）なのだから、単なる作り話と断じることはできない。むしろ実際あった出来事を記した歴史書に近い本だろう。

一方、ハイデル王国の歴史書については、大賢者先生の授業との相違点を探す目的で持ってきた。正直言って、内容自体には大して興味はない。

何はともあれ、書庫の本からまだまだ沢山の知識を得られそうなので、今後がさらに楽しみになった。

俺がこれからの本漬けの生活に喜びを感じていると、部屋の外から声が聞こえてきた。

「あれ？　どうして書庫のドアが開いてるのかしら？」

やべっ！　閉めるの忘れてた！

どうやら、メイド長のナージャが、ドアが開きっぱなしになっていることに気づいたみたいだ。

俺は整然と並べていた本を無造作《むぞうさ》に散らかして、手近にあった『錬金術のススメ』を手に取って読んでいるふりをする。

「あら？　ルカルド様、どうしてこんなところに？　……ていうか、どうやって書庫に入ったのかしら？」

ナージャは俺がどうやって侵入したのかを必死に考えている。

そりゃ、一歳半の幼児が自分の手の届かないところにあるドアノブを捻って部屋に侵入したなんて思いもしないよな。

さて、適度に騒いで誤魔化《ごまか》すか。

俺は本を開いたままナージャの方を向くと、この半年の間にかなり流暢に話せるようになった言葉を操って、無邪気な子供を演じる。

「ナージャだあ！　ナージャ、ナージャ！」

俺は自らの幼さを最大限アピールするために、アホ丸出しで名前を叫びながら、彼女の方へと歩いて行く。

彼女の足元にたどり着くと、そのまま足にしがみついて尋ねた。

「ナージャどうしたの？　あそぶ？」

「ルカルド様、あまり歩き回ると危ないですよ？　ほら、抱っこしてあげますから、大人しくしてくださいね？」

彼女はそう言って俺を抱き上げ、母のように優しく抱っこしてくれる。

「それにしても、ルカルド様はここで何をされていたんですか？」

赤ちゃん言葉じゃないどころか、大人に話しかけるような言葉遣いだなと思いつつも、こちらは引き続きアホな子供を演じ続ける。

「んーとね！　ご本を読んでたの！　文字が一杯で、面白いんだあー！」

「ええ？　ルカルド様、もう文字が……というか、本を読めるようになったのですか!?」

驚きのあまりナージャの声がうわずっている。まあ、一歳半で本を読むようなやつは俺くらいなものだろうからな。びっくりするのも無理はない。

「ん？　うん！　だって、ママがいつも教えてくれてたから！　凄い？　ねえ、ぼく凄い？」

「ふふふっ、さすがルカルド様ですね。凄いなんてものではないですよ。まさに天才の中の天才です！」

子供らしく得意満面でアピールすると、ナージャは俺の頭を撫でながら天才と言って褒めちぎってくれる。

親馬鹿——いや、ナージャの場合は使用人だから、使用人馬鹿っていうのか？

ふふふっ、それにしても、褒められるというのは、なんて気持ちがいいものなんだ。

俺の精神年齢は二十歳を超えているとはいえ、嬉しいものは嬉しい。

前世では親や先生から褒められたことなんてなかったからな。今世ではその分、褒めまくられたっていいじゃないか。

しばらくの間、ナージャにちやほやされていると、今度は母さんが書庫にやってきた。

「あら？　ナージャ、どうして書庫に……って、ルカ、ナージャに抱かれてそんなに嬉しそうにして……ずるいー！　私も抱きたいわー！」

いや、母さん。気にするところ、そっちなの？　もっと他にあると思うんだけど？

ナージャは母さんの機嫌を損《そこ》ねては面倒だと言わんばかりに、即座に俺を母さんに渡す。

すると母さんは、さっきまで泣きそうになっていたのが嘘みたいに、俺のことを強く抱きしめて笑顔の花を咲かせた。

「ふふふっ、私のルカ！　今日もすごく可愛いわー！」

そう言いながら、母さんは俺の額に何度も軽いキスをしてくる。

まったく、母さんは本当に俺のことが好きだなー。

やれやれだよ。

◆

初めて書庫に入った日から半年が経過し、俺は二歳になった。

それからも隙を見ては書庫に侵入して読書を続け、最初に見繕《みつくろ》った十数冊のうちのほとんどを読み終えた。

残すところ一冊、それもあと数ページだけといったところだ。

この調子なら昼前には読み終わるな……と思っていたら、誰かが俺を呼ぶ声が聞こえてきた。

「ルカルド様ー！　どこにいるんですかー？　ルカルド様ー！」

これは俺専属メイドのアリーの声だ。

待ってればすぐにここにたどり着くので、いつも通りそのまま本を読んでいようと思ったが、どうもいつもと様子が違うのが気になり、手が止まる。

アリーの声からは相当焦っている感じがする。

俺、何かやらかしたっけか？

とりあえず、必死そうなアリーをいつまでも放っておくわけにはいかないので、俺は自ら書庫を出ていく。

「アリー？　何か用？」

飄々《ひょうひょう》とした態度は、すでに全くもって二歳児のそれではないが、家族や使用人達は、俺のことは天才だからの一言で済ませ、何があっても驚くことはない。

ま、そっちの方が楽だし、全然おっけーだけどね？

決してみんな俺に無関心というわけではなくて、俺の成長をとても喜んでくれるので、本当にいい人達だ。

そうこうしているうちに、俺の声に気がついたアリーが早足で駆け寄ってきた。

「あー！　ルカルド様!!　やっと見つけましたぁー!!　はぁはぁはぁ、疲れたぁー」

必死にあちこち探していたのか、アリーは肩で息をしていた。

本当にどうしたんだろうか？

疑問に思って見つめていると、その様子に気づいたアリーが口を開く。

「ルカルド様？　もしかして、今日のことお忘れではないですよね？」

あれ？　今日って何かあったっけか？

全く心当たりがない。

『マスター、今日はマスターの姉上を社交界にお披露目《ひろめ》するために、皆様が王都に旅立つ日です。恐らく、そのお見送りに呼びに来たのでは？』

大賢者先生に指摘されて、そういえば前にそんなことを言っていたなと、記憶が蘇《よみがえ》ってきた。

随分《ずいぶん》先の話だと思って気にしていなかったけど、月日が経つのは早いものだ。

そう考えると、少ししみじみした気分になってきたよ。

(先生ありがとう、助かったよ！)

『マスターのお役に立てて何よりです』

大賢者先生には、ほんと頭が上がらないな。ま、大賢者先生自体が俺の頭にいるようなものなんだけど。

さて、そうとわかったら、早く下に向かわないとな。

「ははははっ！　アリー、僕がそんな大事なこと忘れるわけないでしょ？　早く下に行こ？」

俺は勢いだけで適当に誤魔化し、さっさと階段に向かう。

「あぁ!!　ルカルド様ー！　走ったら危ないですよぉー！」

アリーも慌てて後を追ってついてくる。

階段を下りると、すでに玄関の前には俺とアリー以外の家族と使用人達が集まっていた。

俺に気づいた父さんと母さんがさっそく声をかけてくる。

「ルカ、遅かったな」

「ちょっとルカ、そんなに慌てて階段を下りたら危ないわよ？　アリー、ルカを支えてあげてね」

俺はまだ身長が低いので、階段を一段下りるのもなかなかの重労働だ。

「さてはまた本を読んでいたんじゃないか？」

兄さんは僕のことをよくわかっているね！　ははははっ。

「遅れてごめんなさい！　兄さんの言う通り、本に夢中になって時間を忘れていたよ」

ひとまず遅れたことを詫びて、みんなの輪の中に自然に入り込む。

しかし、姉さんは大事な見送りをすっぽかされかけたのが気に障ったのか、少し機嫌が悪い。

「ルカ!!　遅いぞ!!」

「姉さん……ごめんね」

荷物類はすでに外の馬車に積み込んであるのか、みんな手ぶらだ。

ちなみに、今回王都に行くメンバーは、父さん、母さん、姉さん、兄さんと、四人の専属メイド達で、計八人だ。

それに加えて、うちに住んでいる以外の人も護衛として数人が同行するので、結構な大所帯になる。

姉さん達は何度かパーティに出席するだけでなく、付き合いのある家への挨拶回りなどもあるため、王都での滞在期間はかなり長い。みんなは一ヵ月以上家を空けることになる。

その間、俺はお留守番だ。

二歳児だけ屋敷に残るってのもちょっとおかしい気はするけど、この大事なイベントに、父さんと母さんが出席しないわけにはいかない。

それに、向こうでの過密スケジュールに俺を連れ回したら負担になると考えた上での、苦渋《くじゅう》の決断だったようだ。

「さて、じゃあ最後にルカの顔も見たし、そろそろ出発するか」

父さんが、そう言った瞬間、母さんと姉さんがバッとこちらに駆け寄り、両側から全力のハグを繰り出してきた。

いつものことなので、俺は冷静に身体強化スキルをオンにして防御力を上げ、二人の強烈な抱擁をされるがままに受け止める。

「ルカー！　これからママと一ヵ月以上も会えなくなって寂しいと思うけど、我慢するのよー！」

母さん、その言葉、そっくりそのまま返します。むしろ母さんの方が我慢できなくなりそうで心配なんですけど。

「ルカっ!!　やっぱりルカも王都に一緒に行こう！」

姉さん、俺はまだ二歳で一緒に行っても邪魔になるから無理ですよ。

永遠に続くかと思われた二人の熱い抱擁は、メイド長のナージャと執事のセルによって強制終了になった。

〝そろそろお時間です〟と催促されて、渋々ではあるが俺から離れてくれた。

本当に世話のかかる家族達だ。

「それじゃあ、行ってくるぞ。ルカ、それにみんなも、屋敷を頼んだ」

父さんが最後にそう締めくくると、母さん専属メイドのユラが玄関のドアを開け、みんな一斉に家から出ていった。

「父さん、母さん、姉さん、兄さん、ウル、ユラ、ネル、ミラ、いってらっしゃーい！」

最後に俺が満面の笑みでそう言うと、みんなは顔をだらしなくニヤ～とさせて、返事をしてくれた。

「「「「「ルカ（ルカルド様）、行ってきます！」」」」」

姉さんは外に出た後も〝やっぱルカも連れていく〟と駄々《だだ》をこねはじめ、周りを困らせている。

だが、これ以上出発時間を延ばすわけにはいかないため、父さんが姉さんを無理やり馬車に乗せて、なんとか事なきを得た。

こうして、みんなは王都に旅立っていった。

なんともまあ、騒がしいお見送りだったね。

さて、これから一ヵ月と少しの間は、家族と離れ離れだ。

寂しくないと言えば嘘になるが、アリー達は残っているので、我慢できないほどじゃない。

それに、母さん達がいないおかげで家族サービスの時間がなくなり、俺だけの時間が大幅に増えるのはかなり嬉しい。

これから一ヵ月は、もっと自由にいろんなことができる。ふっふっふ。楽しみで仕方ないな！

よし、まずは残っている本を最後まで読むか！

えっ？　みんながいる時と変わってないって？

細かいことはいいんだよ！　本を読んだ後にはじめるんだから！

さっ、書庫に向かいますかー。

◆

俺はすぐさま書庫に戻って読書の続きに取りかかった。

しばらく余韻《よいん》に浸ってしんみりしようかとも思ったけど、使用人達も見送りが終わるとすぐに仕事に戻っていったので、俺もその流れに乗ってみたというわけだ。

とは言っても、残すところ数ページしかなかったので、数分程で呆気なく読み終わった。

これから生きていく上でとても頼りになる情報ばかりだったので、かなり有意義な半年を過ごせたと思う。

さて、近ごろは家族サービス、魔法の練習、読書のループ生活を送っていたからか、運動不足で少しばかり太ってしまった。

鏡に映る俺は、ちょいぽちゃな坊ちゃん体型。

このままでは、いずれ父さんと兄さんみたいなぽっちゃりさんになってしまう。

このままではだめだ。なんとしてでも回避しなければいけない。

うん、運動しよう……

よし、そうと決まれば話は早い。

俺は半年通い続けた書庫を飛び出し、再び一階に下りていく。

そして、玄関前の掃除をしているナージャを見つけて声をかけた。

「ナージャ、ちょっとお庭で遊びたいんだけど、いい？」

ナージャは俺が聞いた内容に少し驚いたものの、一瞬で取り繕って表情を元に戻した。

このメイド、やはりできるな……。なんてね？

まあ、半年間ずっと家に引きこもって本ばかり読んでいたインドア派の幼児が、いきなり外で遊びたいと言いだしたんだ。驚くのも無理はない。

「そうですね、ルカルド様なら大丈夫だとは思うんですが……」

あんまり色良い返事じゃないけど、何か問題があるのか？

って、よくよく考えたら、俺まだこの世界に生まれてから、自分だけで外に出たことないんだったな。

そりゃ渋るわ。

さて、どう説得したものか……

「ルカルド様、どうしてもお外で遊びたいということでしたら、遠くに行かないことと、アリーと一緒に行く、という条件さえのんでいただければ許可を出します。いかがですか？」

悩んでいたら、条件付きではあるが、思いのほかすぐに許可が出た。

それにしてもこの家の人達は俺に甘々だ。まっ、大いに甘やかしてくれて結構だけどね。

「ありがとうナージャ！　それでいいよ！　じゃあ、早速、アリーと一緒に行ってくるね！」

「はい、気をつけて行ってらっしゃいませ」

「アリー、お外行くから早く下に来てー！」

俺は、待ちきれないと言わんばかりに、アリーを呼び出した。

ふっふっふ。さあ！　冒険の始まりだ！

なんて言ってみたけど、ただ庭に出るだけだ。

俺が住んでいる屋敷は、リーデンス子爵領であるリーデの街から少し離れた場所にある丘の上に、一軒だけポツンと建っている。

周りは一面の草原。本当に見事なまでに草原しかない。

あまり家から離れると、使用人が心配してしまうため、俺はこの草原以外の場所には、今のところ行くことはできない。

とはいえ、外の空気を吸うだけでも十分に外に出た甲斐がある。空気は新鮮でとても気持ちが良い。

……って、外にリフレッシュしに来たわけじゃないぞ。

俺には、外で遊ぶという名目でダイエット運動をするという使命があるのだ。

まずはジョギングからだ。

とりあえず家の周りを走ってみる。

リーデンス子爵邸はかなり大きい家なので、俺が周りを一周するのに一分かかる。

実にちょうどいい。まずは軽めに一周しよう。

「はあ、はあ、はあ、はあ、はあ、はあ」

「ルカルド様ー、大丈夫ですかー？」

「はあ、はあ、だ、大丈夫。何も問題、ないよ」

体が思っていたよりも重たくて、軽く一周走っただけでも息切れしてしまう。そんな俺を心配に思ったアリーが声をかけてくるが、ここで泣き言を言っては男が廃《すた》るので、意地でも大丈夫だと言い張る。

それにしても、神様からあんだけのチート能力を奪っ――貰ったのに、なんて情けない体になってしまっているんだ。

これはやはり一から鍛え直さなきゃいけないな。

しばらくの間は、魔法の訓練内容を最大魔力量を増やすことだけに絞って、運動中心の生活をしていこう。

そんな決意を固めながら少し休み、息が整ってきたところで、もう三周ほど家の外周を走ったのだった。

ジョギングが終わり、体が十分に温まったところで、いよいよ本格的なトレーニングを始める。

あくまで第一の目的はダイエットだが、運動するついでに武術系のスキルも取得しておきたいとも思っている。

まだ剣を持っていないので剣術はできないけど、素手での殴り技や蹴《け》り技なら、今の俺でも十分に訓練可能なはずだ。

というわけで、当面の目標は格闘術スキルの取得だ。

とは言っても、前世でも特段格闘技なんてやっていなかった俺には、どんな風にトレーニングをすればいいかなんてわからない。

まあ、とりあえず格闘技の一番の基本技であろう正拳突きから始めてみようかな。

そうだ。どうせなら、あのお爺さん神様に、この世界に転生させてくれたことへの感謝を込めてやろう。

前世で読んだ漫画で、そんなやり方をして、人類最強になったキャラもいたしな。

では、早速実践だ。

まずは、足を肩幅くらいに開き、気を整える。

そして、感謝を込めて一礼。祈る相手は……やっぱり神様かな？

（神様、俺をこんな幸せな場所に転生させてくれて本当にありがとうございます）

神様との出会いは最悪な形だったし、成り行きで転生が決まって、チート能力を授かった時もグダグダだったけど、今では神様にとても感謝している。

俺にこんな幸せを知るチャンスをくれた神様には、いくらお礼を言っても足りないくらいだ。

だから、この動作には数秒程時間をかけて、丁寧に祈る。

そして、祈りが終わったら、構えて、突く。

「ハッッッッ！」

そして……

格闘術（下）ＬＶ：１を取得しました。

うん、薄々わかってはいたけど、やっぱり簡単にスキルを取れちゃったか……

でも今は、スキルが取れたことは置いておこう。

今するべきことは、俺にチャンスを与えてくれた神様に感謝しながら拳を突くことのみだ。

俺は再度姿勢を戻すと、気を整え、一礼して祈り、構えて、突く。

左右の拳で百回ずつ、合計二百回を毎日の日課にしよう。

俺は休まずに何度も正拳突きを放つ。

突いては祈り、突いては祈りを何度も繰り返し、ひたすら打ち込み続ける。

二百回を達成するまでに、三十分くらいの時間がかかった。

たかが正拳突き二百回とはいえ、まだ二歳の俺が身体強化スキルの発動もなしに、この特訓メニューをこなすのは少々無理があったのか、かなり疲れを感じていた。

だけど、この疲労感、嫌いじゃないな……

久しぶりの運動で、今まで溜め込んでいた老廃物も汗とともに流れ、清々《すがすが》しさすら感じる。

今日だけでかなりの脂肪が燃焼できた気がする。

うん、順調なスタートがきれたのではないだろうか？

この調子で三日坊主にならないように続けていけば、早いうちに今のちょいぽちゃボディーは卒業できそうだな。

しかし今更ながら、こんな小さい頃から体に負荷をかけまくったら、成長が阻害されるんじゃないかと不安になったけど、大丈夫かな？

いや……でも、俺には成長促進チートがあるし、なんの問題もないのかな？

一応何かあった時のためにも、他に便利そうなスキルを取得しておくか。

俺は、今さっき読み終えたスキル辞典で得た知識の中から厳選して、いくつかのスキルを取得できるように天に祈る。

（どうか、どうか俺に健康のスキルと超回復のスキルをください……お願いします！　お願いします！）

これでいつもならスキルが得られるんだけど……

健康（下）ＬＶ：１を取得しました。
超回復（下）ＬＶ：１を取得しました。

おお、きたぁー！　てか、やっぱり願望さんってチートだな!?

だって、超回復って、スキル辞典の説明ではユニークスキル扱いで、英雄や救世の勇者くらいしか持っていなかったと書いてあったぞ。それをこんなに簡単に取得できちゃうんだもんな。マジですげえわ。

ここで英雄や勇者になりたいとか願えば、きっと願望チートで英雄スキルや勇者スキルも取得できちゃいそうだけど……そんな大層な役目は望んでいないので、絶対に考えないようにした。

俺は自由にのんびり幸せなスローライフを送ると決めているんだ。

そのために強くなるつもりだが、強さを求めて英雄スキルや勇者スキルを取って面倒事に巻き込まれるのはゴメンだ。それじゃあ本末転倒じゃないか。

英雄や勇者が持っていたとされるスキルは便利だから取得するけど、英雄スキルや勇者スキル自体は絶対にいらないな。

そんなことを考えながらしっかり体を解《ほぐ》し、俺は特訓を終えて帰宅することにした。

運動の後のストレッチは大切。これ常識よ?

◆

ダイエット生活を始めてから一週間が経過した。

俺は今日もいつも通り早起きをして、朝食をとり、庭に出てランニングを始める。

初日は五周も走れなかったが、毎日続けたおかげで、今では十週走っても息切れしなくなった。

あれだけ俺の体にまとわりついていた体脂肪は、そのほとんどが筋肉へと変貌《へんぼう》を遂《と》げている。

今の俺は一週間前までのちょいぽちゃボディーではない。

全身にしなやかで、強靭《きょうじん》で、良質な筋肉を身につけた、細マッチョ体型だ。そんなこと言っても、所詮《しょせん》二歳児だから、たかが知れてるけどね。

とはいえ、こんな短期間で痩せられたという事実はやっぱりとても嬉しいもので、俺は歳に似合わず使用人達にこの体型の変化を報告しまくった。

俺専属のアリーやメイド見習いのハルなんかは、二歳児のボディーを見て顔を赤らめていた気もするが、俺は構わずに自慢の体をひけらかして歩いた。

その時、軽はずみに〝みんなもたまには僕の運動してる姿を見に来てもいいんだよ？〟なんて言ってしまったせいで、今大変な状況になっている。

え？　どんな状況に陥《おちい》っているのかって？

はははっ。それは一言で言うならば、見世物状態だな。

使用人のみんなが入れ替わり立ち替わり、俺のトレーニングを見物していくのだ。

なんだろうな。動物園の動物になった気分とでも言うのかな？

いつも最初にこの場に現れるのは、俺の専属メイドのアリーだ。

彼女は玄関前で一時も目を離さずランニングが終わる頃合いを見計らって、汗を拭くためのタオルを持ってきてくれる。

そして、体を拭きながらひと言《こと》ふた言軽いやり取りをして、屋敷に戻る……のかと思いきや、彼女はそのまま玄関前辺りに留まって、こちらを観察するのだ。

そして、続いて執事のセル、メイド長のナージャが姿を現し、俺が格闘技の特訓をする頃には、家に残っている使用人の全員が玄関前に集合して、俺の特訓風景を観察するといった具合である。

見に来てもいいとは言ったのは俺だから、自業自得《じごうじとく》なのかもしれないけど……それにしたって全員で見るのはやりすぎだろう。

仕事の休憩がてらちょこっと見るくらいなら良いんだけどさ、みんな俺の特訓が終わるまでずっといるんだよ？

あまりの注目に気が乱れて特訓に集中できないという問題も出てくるなんて、さすがに予想外だった。

ダイエット生活七日目あたりからそれが始まって、十日目の今日もやっぱり俺は観察対象になっている。

ただ俺が正拳突きしているだけなのに、よく飽《あ》きないものだ。

時間にすれば三十分くらいだけど、三日連続で見るようなものでもないと思うんだよな。

とかなんとか考えながらも、俺は神様に感謝しつつ、正拳突きを放つ。

いかんいかん、もっと特訓に集中しないと。周りの状況や雑念に囚《とら》われない、強い精神がほしいな。

そんな願いでまた願望チートが発動し、並列思考と高速思考と精神耐性というスキルを三つ同時に取得してしまった。

うん、結果良ければ全てよしってことだな。まったく、この世界はこんなことばかりだ。

格闘技の特訓が終わると、再びアリーがこちらに駆け寄ってきて、新しいタオルを渡してくれた。

他の使用人達は一足先に屋敷に戻り、仕事を再開する。

「ルカルド様！　お疲れ様でした！　いやー、やっぱり、いつ見てもルカルド様の拳舞《けんぶ》は美しいですねー！」

拳舞？　一体なんのこと……ああ、さっきの正拳突きしてる姿のことか。

いやいや、あんなのただの格闘技初心者の突きだよ？　なんの美しさもないと思うけどな？　まあでも、せっかく褒めてくれたんだから、素直に受け取っておこう。

「ありがとうアリー。そう言ってくれると、これからも頑張れる」

「ふふっ、どういたしまして！」

そう言ってアリーは、満面の笑みを浮かべる。

アリーは控えめに言っても美少女だ。

クリっとした大きな二重の目に、シャープな輪郭《りんかく》で、目鼻立ちも整っている。

歳は十五歳で、スレンダーなモデル体型だ。

肩の手前までに切りそろえられたショートカットの緑色の髪の毛も、とても綺麗《きれい》で似合っている。

ただ、これだけの美少女なのに、仕事ではミスりまくるし、いつもあたふたしている残念な一面がある。

そこをなおせば、完璧な美少女になるんだけど……アリーはおっちょこちょいじゃないとアリーじゃない気がするから、できるならこのままでいてほしいね。

「ルカルド様？　今、何か変なこと考えませんでした？」

少し黙り込んでしまった俺を気にして、アリーが顔を覗き込んでくる。

「えっ⁉　なんも考えてないよ！　な、何言ってるの！　ほら、僕の運動はもう終わったから、屋敷に帰ろうよ！」

危ない危ない。まさかアリーに心を読まれるとは思わなかった。これからはなるべく気づかれないように考えないとな。

俺は彼女から逃げるみたいに、そそくさと屋敷に戻る。

「うーん？　まあ、それならいいんですど。……って、ちょっと待ってくださーい！　私も戻りますー！」

あっ……てか、ストレッチするの忘れてた！

後で部屋でやらないとな。格闘技には柔軟《じゅうなん》かつしなやかな体が必要だからね。ストレッチは筋トレと同じくらい大事なんだ。

まあ、そう言う俺に格闘技の経験なんてないんだけど。

◆

ダイエット生活を始めてから二週間が経過した。

最初の数日で脂肪と贅肉《ぜいにく》を綺麗に落とし、筋肉に変換し終えたので、もはやただの特訓になっているのだが、ダイエット生活という名目で始めたんだから、誰がなんと言おうとダイエット生活なのだ。

さて、今日もまずは毎朝欠かさず続けているランニングからだ。

一週間前までは十周走っていたところを、今週からは倍の二十周走っている。

このままのペースで周回数を増やしていくと、父さん達が帰ってくる前に四十周を超えることになる。

まあ、体力がつくのはいい事だから、やめるつもりはない。

ランニングを終えると、毎度恒例となったアリーからのタオル渡しが行なわれ、使用人達がワラワラと玄関前に集まりだす。

こんな状況が二週間も続けば自然と慣れてくるもので、今では使用人達の視線を一切気にすることなく、トレーニングに集中できるようになった。

おかげで集中というスキルが取れてしまったのは言うまでもない。

俺が朝の特訓を終えると、それに合わせてみんなが仕事に戻っていく。

いつもなら俺もすぐに屋敷に戻り、アリーもついてくるところだが、今日はちょっとばかり違う。

「アリー、僕はこのまま丘の周りを散歩してくるけど、ついてくる？」

「えっ？　そ、そうなんですか？　それでしたら、私もご一緒させていただきますね」

「うん、じゃ、行こっか！」

せっかくだから二人で散歩しようと思って誘ってみると、行くということだったので、そのままの勢いでアリーを引き連れて出発した。

事前にセルとナージャから散歩を許可する条件として、街には出ないことと、家の裏から少し離れた場所にある森には行かないことという二つが出されていたので、素直に従っておこう。

俺はぷらぷらと、なんのあてもなく歩く。

今日は雲ひとつない快晴なので、散歩日和《びより》だ。

見上げると青空が視界一面に広がっていて、大きな太陽の陽の光が眩しい。

「今日はいい天気ですね」

隣を歩くアリーが気持ち良さそうに目を細めて呟いた。

「んー、そうだね。散歩することにして正解だったよ」

今は四月。春の初めとあって外の空気はポカポカと暖かく、特訓後の心地よい疲労感とあいまって眠気を誘う。

「この天気だと、お昼寝したくなっちゃいます」

「そうだね、少し眠くなってきたし、どこか日陰でも探してお昼寝しようかな」

俺はアリーの発言を聞いて、お昼寝気分になってしまったので、さっそく適当な場所を探しにかかる。

屋敷から街側に向かって少し歩くと、この丘に生えている中でも最も大きな木が目に入った。

あそこがちょうど良さそうだ。

その木の下にできた木陰《こかげ》部分に腰を下ろし、幹を背もたれがわりに寄りかかる。

木陰の少しひんやりした空気がとても気持ちよく、瞼《まぶた》を閉じるとすぐに眠気を感じる。

「おやすみなさいませ、ルカルド様」

アリーの癒《いや》しボイスを最後に、俺は睡魔に誘われ、ゆっくりと呼吸し……やがて、意識が遠のいていく。

『た……て……だ……い……』

意識を手放す直前、何かが聞こえた気がした。

俺はもはや直前にまで迫っていた眠気に抗えず、そのまま眠りに落ちた。

◆

「ふあー、よく寝たー」

深い眠りから覚めた俺は、大きく伸びをした。

「ふふっ、お目覚めでございますか、ルカルド様。よく眠れましたか？」

「あっ、アリー。うん、運動の疲れが一気にとれたよ！」

そういえば、眠りにつく前に何か聞こえた気がしたけど、あれはなんだったんだろうか？

なんて言っていたっけ？　確か……

『た……け……だ……い』

ああ、そうそう。そんな感じの内容だったたな。

……って、え？　やけにリアリティーのある脳内再生だったぞ？

『……す……て……く……さ……』

また聞こえた!?　てことはこれ、別に記憶を再生しているわけじゃないのか？

なんだ？　たけだい？　すてくさ？　どゆことだ？

「アリー、僕が寝る直前と今なんだけど、何か声が聞こえなかった？」

「え、声ですか？　何も聞こえてないですよ」

アリーにはわからないのか……。てことは、俺にしか聞こえていない？

突然聞こえた謎の声について考えていると、思いもよらぬ所から助言が飛んできた。

『マスター。木の精霊が助けを求めているようです』

おお、大賢者先生、おはよう。

……なになに、木の精霊が助けを求めてるって？

『た……すけ……て……くだ……さ……い』

あっ、本当だ。確かに誰かが〝助けて〟と言っているようだ。いや、誰かじゃなくて、これが木の精霊なのか？

『その通りです、マスター』

なるほど。しかしどうすれば助けられるかのさっぱりわからない。

（大賢者先生、精霊を助けるにはどうすればいいんだ？）

『……マスター。お助けになられるのですか？』

俺が助言を乞《こ》うと、先生は何故かすぐには方法を告げずに、確認してきた。

（まさかこれって、助けたらだめな展開だったのか？）

『いえ、そうではないのです。ただ、仮にマスターが木の精霊を助けたとしても、マスターの強さを考えると大して見返りがないと思いまして……』

ああ、なるほどなるほど。

まあ、確かに俺ってチート持ちだからな。精霊如《ごと》きの恩返しでは大した見返りがない――って、それマジなの⁉

今の俺、精霊より凄いのか？

『マスターは現時点で精霊王とも渡り合えるほどの魔力を有しています。それに、魔法に関しても世界で随一《ずいいち》の知識と強さを持っていると言っても過言ではありません』

「まじですか……」

そう呟かずにはいられなかった。

「え？　ルカルド様、今何か言いました？」

「あっ、いや、なんでもないよ」

隣にアリーがいたことを忘れていた。なんとか誤魔化すことができたからよかったけど、気をつけなければ……

大賢者先生に言われて思い出したが、半年くらいステータス見てなかったわ。後でちゃんと確認しておこう。

（……って、先生、今はそれどころじゃなくて早く助ける方法を教えて！）

『マスターがそこまで言うのなら……。やり方は簡単です。この木の幹に手で触《ふ》れて、マスターの魔力を流し込むだけです』

おっ、意外と簡単で良かった。

じゃあ、早速実行しよう。

俺は背もたれにしていた木の幹に軽く手を添え、自分の魔力をこの木に譲り渡すように魔力操作を行なった。

アリーは、突然何を始めるんだと不思議そうな顔をしているが、俺くらいの歳のちびっ子が意味不明な行動をするのは珍しくないので、特にツッコミはなかった。

一気に魔力を渡すと精霊もびっくりするだろうし、ゆっくりと、徐々に注ぎ込んでいく。

……どれくらいやればいいんだろうか？

『それくらいでもう十分ですよ、マスター』

（おっけー！　教えてくれてありがとね、先生。助かったよ！）

『ふふっ、いえいえ。マスターのお役に立てたようで良かったです』

俺の手助けができて嬉しかったのか、喜びに満ちた明るい声色で返事をした。まあ、スキルだから感情は声からの推測なんだけどね。

大賢者先生の声は綺麗な女性っぽいから、やっぱり女性なのかな？

後で聞いてみよう。

「ルカルド様、そろそろ昼食の時間になると思いますし、お屋敷に戻りませんか？」

木の精霊を助け終えたところで、アリーがそろそろ戻ろうと進言してきた。

「そうだね、じゃあ、戻ろうか。っと、その前に」

俺はすぐにアリーに返事をして、その場から離れようと腰を上げる。そこで、木の精霊のことがどうしても気になったので、最後に心の中で木に語り掛けてみた。

（えっと、精霊……さん？　気づいてるかな？　俺はそろそろ帰らないといけないから、もう行くね？　バイバイ）

少し待っても返事がなかったので、俺は背を向けて家に帰ることにした。

『あ、あの……あの……助けてくださり、ありがとうございました』

その時、小さかったけど、しっかりと誰かの感謝の声が聞こえた。

精霊に性別があるのかはわからないけど、可愛らしい声だったし、女の子だったようだ。これも後で大賢者先生に聞いておこうかな。

俺は木を振り返り少しだけ話そうかと思ったが、これ以上アリーを待たせるのも申し訳なかったので、背を向けたまま手をひらひらと振って返し、その場を後にした。

『ありがとうございました！　ありがとうございました‼』

しばらくの間、何度も精霊のお礼が聞こえた気がした。


その後俺は、すぐに屋敷へと帰った。

昼食前まで屋敷に帰らなかったのは初めてだったので、使用人達が心配しているかと思ったが、そんなことはなく、みんないつも通り〝おかえりなさいませ〟と出迎えてくれた。

それとなく心配してなかったのか聞いてみたところ、〝ルカルド様であれば何が起こっても天才だから大丈夫だと思っていましたし、それにアリーもついていましたから〟という意味のわからない供述をした。アリーはついで要素なのか……

まあ本当に心配をかけていなかったのなら、俺も安心できるし、万事解決だ。

屋敷に帰ってきてすぐに昼食を取り、使用人達との会話を楽しむ。その後は夕食まで屋敷の中で適当に過ごし、夕食後に風呂に入り、七時過ぎくらいには自室に戻って眠りにつく。

というのがいつもの流れなのだが、今日はちょっと違った。

何故なら、結構な時間昼寝をしてしまったため、全く眠たくないからだ。

とは言っても、この世界に電気なんてないから、外が暗くなればそのまま部屋も真っ暗な状態になる。

蝋燭《ろうそく》やランプの明かりなんて、気休めみたいなものだし、部屋で何かをするには心許《こころもと》ない。

そんな時に使えるのが、光魔法ってやつだ。

まずは、起きているのがバレないように、窓とドアの隙間を闇魔法で作った霧《きり》で完全に覆い隠す。

続けて光魔法で部屋を日中くらいの明るさで照らせば、気軽に夜更《よふ》かしができる環境の出来上がり。

まあ、まだ七時過ぎだから前世から考えれば、夜更かしと言える時間ではないんだけどね。

さて、部屋に明かりを灯《とも》したところで、次に何をやるか。

この部屋——というかこの世界には、俺が親しんできたような娯楽はまったく存在しないと言っていい。だから、部屋でできる遊びなんて何もない。

こんなことなら本を持ち込んでおけばよかった。

いざ夜更かししようと思っても、暇を持て余してしまうな。

無理にでも寝るか——などと考えていたところで、頼りになる御仁《ごじん》からの助言が飛んでくる。

『マスター。何もやることがないなら、久しぶりにステータスを確認してみてはいかがでしょうか？』

「おおっ、それだ!!　——って、あっ！」

つい大きな声で返事をしてしまい、慌てて自分の手で口を押さえる。周りに誰もいない時は大賢者先生と普通に声を出して会話しているけど、今が夜だということをすっかり忘れていた。

……うん、バレてないな。

ふうー、危ない危ない。

（大賢者先生、待たせてごめんね？　それで、ステータスの確認か……うん、いつかはやろうと思っていたし、確認するか）

思い返せば、一歳の頃からステータスの確認をしていなかった。

毎日確認するよりも、時間を置いてからの方が成長度合を実感できるんじゃないかと考えていたら、そのまま見るのを忘れてしまったのだ。

まあ、御託《ごたく》はどうでもいい。やると決めたら即行動だ。

（ステータスオープン）

ルカルド・リーデンス　2歳　LV：1

体力：1850／1850　魔力：88560／98560
筋力：780　耐久：650　速さ：850
器用：5655　知力：55000　精神：50450

【加護】
創造神アステルの加護　　闘神ガイダスの加護

【称号】
リーデンス子爵家次男　　神童　　転生者　　世界最年少賢者　　魔導王　　歴史を知る者
智慧《ちえ》の王　　闘王

【パッシブスキル】
幸運（神）ＬＶ：ＭＡＸ　　無詠唱（神）ＬＶ：ＭＡＸ　　言語習得（神）ＬＶ：ＭＡＸ
隠蔽（神）ＬＶ：ＭＡＸ　　聞き耳（精霊）ＬＶ：５　　体力回復（中）ＬＶ：４
魔力回復（王）ＬＶ：５　　健康（上）ＬＶ：８　　並列思考（上）ＬＶ：２
高速思考（上）ＬＶ：２　　集中（特）ＬＶ：５

【アクティブスキル】
身体強化（精霊）ＬＶ：９　　魔力感知（神）ＬＶ：５　　魔力操作（神）ＬＶ：５
鑑定（神）ＬＶ：２　　隠密（王）ＬＶ：３　　千里眼（上）ＬＶ：２

探知（王）LV：3　地図（上）LV：3

【耐性スキル】
苦痛耐性（上）LV：5　精神耐性（特）LV：9　物理耐性（上）LV：3

【武術スキル】
格闘術（王）LV：5

【魔法スキル】
火魔法（王）LV：7　水魔法（王）LV：5　氷魔法（精霊）LV：5
雷魔法（聖）LV：1　風魔法（神）LV：6　土魔法（特）LV：3
木魔法（特）LV：2　光魔法（王）LV：5　闇魔法（特）LV：2
無魔法（覇王）LV：3　治癒魔法（精霊）LV：5　結界魔法（神）LV：5
重力魔法（王）LV：5　付与魔法（帝王）LV：2　時空間魔法（帝王）LV：4
精霊魔法（下）LV：1　契約魔法（下）LV：1　召喚魔法（下）LV：1
生活魔法（王）LV：9

【生産スキル】
錬金術（上）LV：1　鍛冶術（上）LV：1
【学系スキル】
算術（王）LV：3　薬術（上）LV：1
【ユニークスキル】
成長促進（神）LV：MAX　願望（神）LV：MAX　超回復（特）LV：5
【称号スキル】
大賢者（精霊）LV：9

あれ、なんか目眩《めまい》が……

◆

ステータスを見た。内容は普通だった。うん、普通だった。

普通……いや、もうやめよう。現実逃避をしたところで虚《むな》しくなってしまう。

どう考えたって俺のステータスは普通ではない。

普通のはるか先にあるステータスだった。

まあ、ステータスも確認しないで、ひたすら自己研鑽《けんさん》の日々を送っていた結果だから仕方ない。

自業自得ってやつだ……。今一度自分に向き合うために、ステータスを見るか。

……うーん。改めて見ても、ステータスがぶっ壊れてるな。

まずは新しく増えている加護について。

うん、どゆこと？　いつの間にこんなん貰ったの？

創造神アステルっていうのは、恐らくこの世界に送ってくれたあのお爺さんだと思うけど、なんで闘神ガイダスって神様まで加護を授けてくれたんだ？

日々神様に感謝しながら正拳突きをしているから……なのか？　しかし、それだけで加護をくれるとは思えないし……

ダメだ、いくら考えてもわからない。そもそも神様の考えなんて、ただの人間である俺にわかるわけもないよな。

でも、どんな効果があるのかくらいは知りたいから、加護部分を鑑定して見ておこう。

創造神アステルの加護：創造神アステルが認めた者に与える。創作や生産、イメージ力に大幅なプラス補正がかかる。

闘神ガイダスの加護：闘神ガイダスが認めた者に与える。武術や戦闘力に大幅なプラス補正がかかる。

なるほどなるほど。よくわからんけど、とりあえずなんだか凄いんだろうなというのはわかったよ。

うん、もう加護について考えるのはやめだ。でも、一言だけ言っておこう。

神様、ありがとうございます！

さて、気を取り直して次は、称号部分だ。

今回新たに、歴史を知る者、智慧の王、闘王が加わっている。

歴史を知る者に関しては、大賢者先生による歴史授業を受けて、それを全て記憶したから貰ったんだと思う。

智慧の王は、きっと知力の数値がぶっ壊れてるのが関係しているはずだ。

闘王ってのは多分、格闘術スキルの位が王にまで上がっているからじゃないかな。てか、二週間前に取得したばかりなのに成長力半端ないな。さすがの成長促進さんだ。

あっ、ちなみに、日頃から称号欄はリーデンス子爵家次男と神童以外は隠蔽で見えないようにしてるよ？　バレたら絶対面倒事に巻き込まれそうだからね。

次は、各種能力値についてだ。

一目見て思ったんだが、俺って完全に魔法使い特化型のステータスだな。

魔法関連のステータスである魔力、知力、精神が全部五万超えだ。

我ながらよくここまで育てたものだと呆れてしまう。しかし、やってしまったものは仕方ない。潔《いさぎよ》く受け入れよう。

体力や筋力、速さについては、最近のランニングと正拳突きの賜物《たまもの》だな。このまま順調に伸ばしていこう。

耐久もそれなりに伸びているんだけど、これに関しても心当たりがある。

恐らく、毎日母さんと姉さんに激強ハグを食らっているおかげだな。あれは身体強化していないと絶対骨が折れると思うんだ。

しかし、最後の五千超えの器用に関しては、本当にまったく見当がつかない。

なんで上がってんの？　誰かわかるなら教えてクレメンス！

『恐らく、錬金術スキルや鍛冶術スキルの補正でしょう』

おお、大賢者先生から解答が頂けた。

なるほど、そういうことだったのか。まあ、どちらも本読んだだけなのに位が『上』になっているのは謎だが、恐らく成長促進さんが犯人だな。間違いない。

次は、スキルについてだ。前回見た時より、数が増えて、位もレベルもかなり上がっているな。

『神』が十一。『精霊』が五。『覇王』が一。『帝王』が二。『王』が十。『聖』が一。『特』が六。『上』が十。『中』が一。『下』が三。

全部で合計五十個のスキルを保有していて、過半数が真ん中の『王』級以上の位だ。

中でも最上位の『神』が一番多いってのが衝撃的で、ぶっ壊れていると感じる一番の要因だな。

もう俺に備わっているスキルなんだから、今更とやかく言っても仕方ない。

大切に育てて最大限活用してあげようじゃないか！

ちなみに、この世界の平均的なステータスってどのくらいなんだろう？

他人のステータスなんて、兄さんのしか見たことない。

こんな時は、先生に相談するのが一番だ！

（ってことで、先生。この世界の、そうだな……平均的な下っ端の騎士のステータスって見せてもらえる？）

『はい。今、マスターの頭にデータを送りますね』

(さすが大賢者先生！　頼りになる。大賢者先生だけは一生放してなるものか!!)

『……もう……マスター、何言ってるんですかっ……それは、こっちのセリフなんですよ……』

(ん？　先生今なんか言った？)

『いえ、……何も言っておりませんよ？　それより、データを送ったので早速ご覧になられては？』

あれ？　おかしいな？　ボソボソと頭の中になんか聞こえた気がしたけど、気のせいか？　まあいいか。とりあえず見てみよう。

下っ端騎士　LV：10

体力：120／120　魔力：15／15
筋力：135　耐久：120　速さ：100
器用：20　知力：50　精神：25

【スキル】

剣術（中）LV：2　身体強化（小）LV：5　物理耐性（小）LV：3

（え？　嘘でしょ？）

『事実ですよ、マスター』

マジかよ。下っ端騎士弱すぎじゃないか？　この世界って魔物がいるんだよ？　こんなんで国とか街を守れるのか？

『マスター、あまり言いたくありませんが、マスターのステータスが異常なのであって、この下っ端騎士のステータスでも、十分に魔物とは戦えます』

いや、俺のステータスがぶっ壊れてるのは自覚あるけど、それにしたって弱すぎるんじゃゃ……あ、でも、下っ端だし、みんな最初はこんなもんなのかな？

きっとここからどんどん成長していくんだ。そういうことに違いない。

なんだよ、ビックリしてたのが恥ずかしいな。

『現在のマスターのステータスは、過去の英雄と比べても相当強いですからね。というか、魔法関連に関して言えば歴史上最強と言っても過言では――いえ、歴史上最強と断言できます』

……まさかの事実が発覚し、俺はその場で放心した。

歴史上最強って、どういう意味だよ？　いや、まんまなんだろうけどさ！

じゃあつまり……『十傑物語』に登場した、十傑第三席の賢者マーリスよりも上ってこと？

（まだ俺二歳児だよ？　何かの間違いじゃないのか？）

『これは事実です。そうですね……マスターに納得してもらうためにも、これを見てもらいましょうか』

大賢者先生は、そう言うと、俺の頭の中に十傑第三席、賢者マーリスのステータスデータを流してきた。

マーリス・フォン・ライナル　ＬＶ：２２５

体力：３５８０／３５８０　魔力：４４５５０／４４５５０
筋力：２５０　耐久：１０２０　速さ：４５０
器用：８５０　知力：３５０８０　精神：２６８５０

【称号】
ライナル王国第三王女　天才　賢者　魔導王

【スキル】

魔力回復（聖）ＬＶ：５　魔力感知（王）ＬＶ：５　魔力操作（王）ＬＶ：５
精神耐性（特）ＬＶ：３　全属性耐性（上）ＬＶ：３　火魔法（王）ＬＶ：７
水魔法（王）ＬＶ：５　風魔法（王）ＬＶ：６　光魔法（王）ＬＶ：５
無魔法（下）ＬＶ：３　治癒魔法（上）ＬＶ：５　結界魔法（特）ＬＶ：２
付与魔法（上）ＬＶ：１　生活魔法（下）ＬＶ：４

【称号スキル】
賢者（帝王）ＬＶ：２

『これが、マスターがお読みになられた書物に出てきたマーリスのステータスです。先に言っておきますが、マーリスは歴史上の魔法使いの中では、他とは比べ物にならないほどの強さを誇っていました。マスターがこの世に生まれなければ、永遠に歴史上最強のままだったでしょう』

……マジかよ。

歴史上最強の魔法使い、エルフ族の賢者マーリスでもこの程度のステータスだったのか。

ははは っ。仕方ない。もう否定しないよ。

歴史上最強の魔法使い、大いに結構だ。

俺は大賢者先生のパートナーみたいなものだしね。先生のパートナーに相応《ふさわ》しい強さがあるのはいいことだ。イイコトダ……

半ば自棄《やけ》になって心中《なか》で独白する俺だったが、大賢者先生は何故かかなり満足そうだ。

『ふふっ、さすが我がマスターです！』

終わりよければ全てよし……なのか？

『その通りです。終わりよければ全てよしです。それに、そこまで気になさることもありません。少なくとも、私はどんなマスターであったとしても、ずっと離れませんから』

な、なんか、無理やり納得させられた感半端ないけど、大賢者先生がそう言うなら、これ以上は何も言うまい。

こんなやり取りをしているうちに、気がつけば時刻は九時近くになっていた。

時間を知った瞬間に、先程までは全く感じていなかった眠気がだんだんと強くなってくる。

「ふぁー。そろそろ寝るか……」

俺は大きな欠伸《あくび》をしてから、展開していた光魔法と闇魔法を解除する。

途端に、部屋の中が真っ暗になり、何も見えなくなった。

それにしても、今日は色々とあったなー。

初めて庭以外の場所に行き、大きな木の下で木の精霊を助けてあげた。

いつもより少しだけ夜更かしをして、久々にステータスを見て、自分が歴史上最強の魔法使いになっていたこともわかった。

なんだか、凄く濃い一日だったな……

たまにはこんな日があってもいいかもしれない。

俺は一日を振り返り、とても楽しい日だったと満足して、そのまま眠りにつく。

『おやすみなさい、マスター』

眠りに落ちる間際《まぎわ》、先生の声が聞こえた気がして俺は……

「おやすみ、大賢者先生……」

……そう呟き、完全に眠った。

◆

訓練開始から一ヵ月と少しが経った。

そろそろ王都に行った父さん達が帰ってきてもおかしくない頃だ。

俺は今日も使用人達に見守られながら日課の訓練を続けている。

実は、二週間ちょっと前から、このギャラリーに新たな仲間が加わった。

以前助けた木の精霊である。

彼女も少し離れた場所から俺の訓練風景を楽しそうに見ている。

彼女は俺に助けられた次の日に、お礼がしたいと直接俺の部屋を訪問してきたので、大賢者先生との相談の末、精霊契約をすることにした。

その際、俺は彼女にククという名前をつけてあげた。

良い名前でしょ？

そんなわけで、ククは今や俺の使い魔？　使い精霊？　みたいになっている。

彼女は樹齢千年以上の木の精霊なのに、見た目は幼女だ。

髪と目がエメラルドグリーンでとても可愛らしいのだが、その姿は俺にしか見えていない。

大賢者先生曰《いわ》く、精霊の姿を見られる純粋な人族は俺くらいのものらしい。

一番精霊と親しい存在と言われているエルフですら、その実体を見られる者は極わずかだという。

だから当然、使用人達にククは見えていない。

訓練を終えた俺は、今日も丘の周りの草原を当てもなくブラブラと歩きはじめる。

ククを助けた日から、散歩に目覚めてしまい、今では新たな日課となっている。

『ルカ様ー、今日も素敵ですー』

ククはいつも俺の散歩に付き合ってくれて、周りをチョロチョロと飛び回りながら、何度も何度

も褒めたたえてくる。まったく、可愛いやつだ。

「ははっ、ククも凄く可愛いよ」

アリーは少し離れてついてきているので、気にせずククに話しかける。

『うふふっ、ありがとうございますー』

そんなやり取りをしながら歩いていると、いつもと同じようにククの宿り木となっていた大きな木の下に到着した。

はしゃぎすぎて疲れたのか、ククはそのまま木の中に戻っていく。

ククに出会って初めて知ったが、精霊も昼寝をするらしい。

ここでいつもなら俺も昼寝するところなのだが、今日は眠くないので、その場に座り込んで普通に休憩をすることにした。

特に何をするでもなく、ただ時間だけが過ぎていく。

のんびりと空の雲を眺めていると、大賢者先生から話しかけられた。

『マスター、お昼寝はなさらないのですか？』

「ん？　そうだね、今日はそういう気分じゃないんだ。ただ、ぼーっとこの緑一色の景色を見て、のんびりとした雰囲気に浸《ひた》りたいんだ。……なんか、お爺さんっぽいかな？」

『ふふっ、そんなことありませんよ。とても素敵です』

大賢者先生は俺至上主義なので、俺を否定するような言動をしないということはわかっているが、それでも、綺麗な女性の声でそう言われると、自然と嬉しくなってしまう。

「うん、大賢者先生ならそう言ってくれると思ってたよ。ありがとう」

『いえいえ』

今日も平和な一日が過ぎていく。

父さんや母さん達、家族のみんなとワイワイガヤガヤするのも楽しいけど、こうやってのんびりしながら大賢者先生と会話して過ごすのも同じくらい心地がいい。

あと数日もしたらみんなが帰ってきて、こんな日々も終わるだろうし、今はもう少しだけ大賢者先生との時間を楽しもう。

「先生、これからもよろしくね？」

『いきなりどうしたんですか、マスター？』

「うん、まあ、なんていうか……改めて、先生との生活をこれからも楽しみたいと思ったから」

『ふふっ、そうですか。マスター、こちらこそ、これからもよろしくお願いします』

そんなやり取りをしていて、ふと懐かしい記憶を思い出した。

「そういえば、大賢者先生って、先生って呼ばれるのを嫌がってたよね？」

『そうですね。やはりマスターに先生とお呼びいただくのはおこがましいと思っています』

大賢者スキルとしては、自分の生みの親的存在である俺に先生と呼ばれるのは、あまり好ましくなかったのか、先生呼びをやめてほしいと何度か頼まれた。

でも、自分の先生役である大賢者スキルに対して、頑《かたく》なに先生呼びを続けているうちに、いつの間にか大賢者先生は、先生呼びを黙認するようになっていた。

まあ、代わりに大賢者先生は俺のことをマスター呼びすることになったんだけどね。

今思い返すと、マスター呼びって仕返し的なものだったのかな？

だけど、もう歴史の授業は終わって、今では先生というよりは頼りになるパートナーみたいな存在になっている。

そろそろ、先生呼びをやめてもいいかもしれない。

「そしたら、今更になっちゃうけど、これからは先生呼びをやめようかな？　……でも、その代わり、名前をつけて呼んでもいい？」

『えっ……？』

俺がそう切り出すと、大賢者先生は凄く驚いた声を出した。

ははは、ほんと、スキルだっていうことを忘れちゃうくらい人間味があるよな。

ちなみに、大賢者先生の名前はすでに考えてある。

「アテナ……これから君の名前は、アテナだ」

アテナ。それは前世で過ごしていた世界の神話に登場する神々の一柱。

知恵・工芸・戦略などの神と呼ばれていて、大賢者先生にぴったりな名前だ。

『アテナ……アテナ……。マスター、私のような不確かな存在に名を授けてくださりありがとうございます。マスターの助けになれるよう、今後も精一杯尽くします。改めて、これからもよろしくお願いいします』

大賢者先生、改め、アテナがそう言った時だった。

頭の中に音声が響いた。

大賢者スキルが真名『アテナ』を得ました。これにより、大賢者スキルの進化を開始します。

進化完了。所有者の大賢者スキルの消失を確認。

ユニークスキル【アテナ（神）ＬＶ：１】を取得しました。

ど、どういうことだ？

何が起こった？

『マスター。マスターが私に名を与えたことを神様が認め、そして少しばかりご褒美《ほうび》をくれたのでしょう。私はこれより、大賢者スキルのアテナではなく、一人のアテナになれました。ありがとうございます、マスター』

お、おお？　なんだかよくわからないけど、アテナが喜んでるなら、万事オッケーかな？

結果良ければ全てよし。これすなわち異世界の常識ってね！

「よろしく、アテナ！」

それと、認めてくれてありがとうございます。神様のお爺ちゃん！

第三章　一ヵ月ぶりの再会

今日もいつも通り朝の訓練を終えて散歩を楽しんでいると、街の方から馬車がこちらに向かってきているのが見えた。

しばらくの間、丘の上から馬車を見ていると、誰かが外に半身だけ身を乗り出して、こちらに向かって全力で手を振ってきた。

まだ少し遠くてはっきりとは見えなかったので、俺は千里眼スキルを発動して、誰なのか確認する。

その人は、栗色の綺麗で長い髪を風でなびかせた幼美人——リーナ姉さんだった。

聞き耳スキルのおかげで、必死に俺を呼んでいる姉さんの声が聞こえてくる。

「おーい!!　ルカー!!　お姉ちゃんが!!　帰ってきたぞおー!!」

俺は久しぶりに見る姉さんの姿に懐《なつ》かしさと喜びの入り交じった感情を覚え、全力で手を振り返す。

「おーい！　姉さーん!!　おかえりぃー!!」

俺は自分の出せる最大の声量で叫ぶが……

「おい！　リーナ！　危ないからやめろ！　それに、まだ家についてないのにルカが気づくわけないだろう、まったく」

姉さんが落ちるのを心配した父さんが馬車の中に引き戻してしまった。

どうやら俺の声は全く届いていないようだ。

さすがに一キロ近く離れていたら、聞こえるわけないよな。

って、そもそも姉さんは俺の姿が見えてるのか!?

俺は千里眼スキルがあったからかろうじて見えたけど、普通見えないよな？　これが女の勘ってやつなのだろうか？

まあいい。そんなことより、早く家に戻ろう！

みんなが帰ってきたことを使用人達に伝えなければ！

俺は屋敷に着くなり、玄関で大声を上げる。

「みんなー！　父さん達が帰ってきたよぉー！」

「ルカルド様、本当でございますか？」

一番近くにいたセルが、誰よりも早く反応して確認してきた。

「うん、さっき丘の上から街の方を見てたら、父さん達が乗っていた馬車がこちらに向かってくるのを見つけたんだ！　早ければ数分でこっちに着くんじゃないかな？」

「そうですか。ルカルド様、誠にありがとうございます。おかげで万全の状態で旦那様方をお迎えできます。ほっほっほ」

セルはそう言うと、すぐに他の使用人達を集めて指示を出しはじめる。

あと数分しかないのに、間に合うのか？

でも、セルはできないことをできるとは言わないので、きっとやり遂げるんだろうな。ほんと、有能な執事だよ。

ほどなくして、馬車が近づいてくる音が聞こえてきた。

すでに使用人達は馬車を出迎えるために、玄関の外に並んで待機している。

ちなみに俺も、セルの隣に立ってみんなの帰りを待っていた。

そして、馬車が減速し、いよいよ止まろうかというその瞬間……

バァンッ！　ダッタッタッタッ！

馬車の客車の扉が勢いよく開き、誰かが猛スピードでこちらに向かって駆けてくる。

全く予想していなかった動きのため、俺はその人物に反応することができなかった。

「ルカー！　ルカー!!　会いたかった！　ずっと会いたかったぞ!!　ふふふっ、やっと会えたな！ルカ！」

気づいたら、その人物――リーナ姉さんに、物凄い強さでぎゅっと抱きしめられていた。

よっぽど俺と離れて寂しかったのか、いつも受けていた強さよりもさらに強い抱擁だ。

ちょっと……いや、かなりびっくりして咄嗟《とっさ》に離れそうになったが、姉さんがこれだけ再会を喜んでくれているのだからと思い直し、俺は黙って身を任せる。

ほんと、世話のかかる姉だよ。

「リーナ、まだ馬車が止まりきってないのに飛び出したら危ないじゃない。まったく、あなたはもう……」

「そうだぞ、リーナ。怪我したらどうするんだ！」

母さんと父さんが、馬車から降りながら姉さんを窘めた。

「ははっ、リーナはいつも元気だなあー」

少し遅れて出てきた兄さんは苦笑している様子だ。

俺は姉さんに抱きしめられていて視界が遮《さえぎ》られているので、みんなの姿が見えないが、久しぶりに聞こえた家族の声に心が高鳴った。

「それにしても、到着時刻を知らせてもいないのに揃って待機しているとは、驚いたぞ。私達が帰ってきたのに気づいていたのか？」

父さんは何故全員で出迎えられたのか不思議に思ったらしく、セルに理由を聞いている。

ふふっ、父さん、俺のおかげだよ。

「はい。先程、ルカルド様が遠目に旦那様方の乗っている馬車を見つけたと私達に教えてくださったので、こうして事前に出迎えの準備を整えることができました」

「まあ!! ルカが？ それはお手柄《てがら》ねー！ ところで、そのルカはどこ？ 屋敷の中にいるのかしら？」

母さんはいまだに俺の存在に気づいていないのか、俺を探し回っている。

母さんここです！ 姉さんの腕の中にいますよ！

「そうか、ルカが……。ルカはようやく外を出歩くようになったのか……」

一方、父さんは何やら感慨に浸っているが……その言い方だと俺が引きこもりみたいに聞こえるんだけど、気のせいだよな？

そして兄さんは……

「うーん。それより、久しぶりに家に帰ってきたから、何か食べたいな。ああ、お腹空いたなー」

あんたはいつもお腹空いてるじゃないか。まったく、仕方のない兄だ。

それにしても、一ヵ月ぶりだけど、みんな変わっていなくて何よりだ。

——って、落ち着いてる場合じゃない。早く姉さんの拘束《こうそく》から脱出しなければ、母さんが心配してしまう。

「うっっ……ぶっ……か、母さん！　僕はここだよ‼　母さーん！」

ちょっと申し訳ないが、このままでは姉さんがいつまでも放してくれないだろうと判断して、俺は姉の腕の中から無理やり顔を出し、母さんに声をかけた。

「あっ‼　ルカ！　一ヵ月ぶりのルカだわぁー‼」

母さんは俺を見つけると、先程の姉さんよりも素早い動きでこっちに飛びついてきて、そのまま姉さんから俺を奪い取った。

「ふふふっ、ただいま、ルカ。会いたかったわよー！」

物凄い速さで俺を抱き上げてきた。

「うん。母さん、おかえりなさい。僕も会いたかったよ！」

ああ、ほんと、家族って最高だな……

俺を横からかっさらわれた姉さんは大層ご立腹な様子で抗議していたが、父さんに馬車から飛び降りたことを説教され、結果的に俺は母さんに独占される形となった。

そんな俺達を横目にマイペースに〝お腹が空いた……〟と嘆《なげ》く兄さんを、使用人達が微笑《ほほえ》ましそうに見つめている。

これこそまさに、一ヵ月前までのリーデンス子爵家の日常であり、俺の日常だ。

「母さん、そろそろお家に入らない？　兄さんがお腹空かせていてるし、母さん達も長旅で疲れてるでしょ？」

　母さんがいつまでも放してくれないので、俺は適当な理由をつけて誘導したのだが……

「そうね、いつまでも外にいるのもなんだし、中に入りましょうか……って、ルカ!?　ちょっと見ない間に凄くシュッとして、凛々《りり》しくなったんじゃない!?　ふふっ、ちょっと丸いルカも可愛かったけど、スタイルのいいルカも魅力的だし、カッコイイわあー」

　改めて俺の姿を見てその変貌《へんぼう》ぶりを認識した母さんに、再度拘束されてしまった。

　まさかここでダイエット生活の悪影響が出るとは思いもしなかった。

「えっ!?　ルカ痩せたのか!?　ああ！　服越しで気づかなかったけど、本当だ！　確かに、さっき抱きしめた時ぷよぷよしてないなと思ったんだ！　くぅー、あのルカも良かったけど、こっちのルカはもっといいいなぁー！」

　姉さんは父さんに説教されていることなどお構いなしに、相変わらずのブラコンぶりを発揮して大袈裟なリアクションをしている。

「こら！　リーナ！　ちゃんと私の話を聞きなさい！　……って、ルカが痩せているだとう!?　な、なんということだ！　我がリーデンス家の男児は代々絶対にぽっちゃり系で一生を全《まっと》うするという言い伝えだったはずだが!?」

　姉さんの説教をしていた父さんが、さらりと驚愕《きょうがく》の事実を口にした。

なんだその言い伝え！　初耳すぎてビックリだぞ⁉

てか、ぽっちゃり系で一生を全うするなんて、適当な言い伝えしてんじゃねえよ、御先祖様！

だいたい、それ本当に伝わっているのか？　もしそれが事実だったら、呪いとかそういうレベルの話だぞ。

『マスター。確かに、リーデンス子爵家には代々そういう言い伝えがあります。ただ、リーデンス子爵家に生まれた男児には皆大食いで運動が苦手という遺伝があったのです。何故かマスターにはその遺伝が伝わらなかったようですが……創造神様のはからいかもしれませんね。私にも理由はわかりませんが』

疑問に思っている俺に、アテナからまさかの事実認定が下された。

でも、どうやら俺には関係ない話らしい。

まじで良かった……

これも神様のおかげなのだとしたら、ほんっっっっとうにありがとうございます！

俺は、今世で最大の感謝の念を込めて、神様にお礼を言った。

『ふぉっふぉっふぉ、気にするでない』

その時、神さまの声が聞こえた気がした。

結局、その後もなんだかんだでしばらく外にいて、屋敷に入ったのは父さん達が帰ってきて一時間も経ってからだった。

まあ、その一時間で料理人のバクと見習い料理人のハスラが昼食を作ってくれたので、無駄な時間にはならなかったけど。

屋敷に入ると、用意された昼食のいい匂いが漂《ただよ》ってきて、みんなの空腹を刺激した。

兄さんはとうとう我慢できなくなったのか、猛スピードでダイニングルームへと駆けていく。

あのワガママボディーからは想像もできないほど機敏《きびん》な動きだが、みんな揃わないと食べはじめられないから、その速さは無駄に終わるだろう。

遅れること数十秒後、ようやく俺達もダイニングルームへと到着した。

兄さんは物凄い形相で食事と俺達を交互に見ている。目を血走らせて〝早く席につけこらぁ!!〟とでも言いそうなくらいの迫力だ。

彼の食に対する思いの強さを、俺は再認識した。

そんな兄さんを誰一人として気にすることなく、みんな平然と席に着き、ようやく昼食が始まる。

今日のメニューは、パンとサラダとビーフシチューのようだ。

シチューの牛肉は時間をかけてじっくり煮込んであるのか、口に入れた瞬間にとろけそうなくらいに柔らかい。

食事が始まるやいなや、兄さんは目の前の料理を一気にかき込んで、喉に詰まらせて危《あや》うく窒息《ちっそく》しかけるという失態を演じたが、それ以外はおおむねいつも通りの穏やかな食事風景だ。

リーデンス子爵領では米は流通していないのか、主食はパン一択。

俺は元日本人とはいえ、米はそこまで好きではなくてパン派の人間だった。

しかし、こうも毎日パンばかりだと、さすがに飽きてくるというものだ。

美味《おい》しいことは美味しいので、文句は言わないが……そうだな、久しぶりに麺《めん》類が食べたいな。

小麦粉があるなら、パスタかうどんは作れるんじゃないか？

調味料や具材的には洋風の方が準備しやすそうだから……よし！　今度、厨房にお邪魔してパスタでも作ろう！

でも、そもそもこの辺じゃ麺料理自体食べる習慣がない。となると、パスタの麺から作らなきゃいけないよな。

麺の作り方なんて一ミリも知らないけど、大丈夫か？　早くも麺生活挫折《ざせつ》の危機だ。

『マスター。私が進化したことで、マスターが以前まで暮らしていた地球の知識をある程度調べることができるようになりました。ですので、パスタくらいなら作れますよ？』

（つっつ⁉　マジなの？　マジなのぉ⁉）

『ふふっ、マジですよ、マスター』

(でかした!!　さすがアテナ!!　やっぱアテナは最高のパートナーだね！)

『ふふっ、そんな……。マスターのお役に立てて、私も嬉しい限りですよ』

いやはや、ほんと、アテナは最高のチートパートナーだな。

ふっふっふっ。これでパン一択生活から抜け出せるぞー！　やったね！

「ルカ？　何かいいことでもあったの？」

俺が内心でガッツポーズをしながら喜んでいると、姉さんが何かに感づいたのか、訝《いぶか》しげに顔を覗き込んできた。

「えっ？　な、何がですか？」

俺は思わず動揺《どうよう》してしどろもどろになった上に、何故か敬語で答えてしまう。

「いや、だって凄くニコニコしてたから、何かいいことでもあったのかと思って……」

嘘!?　そんなにわかりやすく顔に出ちゃってたのかよ。

まずいな。これからは気をつけないと……。とりあえず、なんとかして誤魔化さなければ。

「ええっと、姉さんや母さん達と久しぶりに一緒にご飯食べているから、なんだか楽しい気持ちになっちゃって……」

うん、嘘は言ってない。

久しぶりに家族みんなで食事をするのを心待ちにしていたのは事実だ。ブラコンの姉さんなら、こう言えば余裕で誤魔化せるはずなんだけど、どうだ？

「えっ⁉　うふふっ、ルカったら、可愛いこと考えてるなー、もう！　これからはいつでも一緒に食べれるんだから、そんなに喜ばなくてもいいんだよ！　ニコニコするのは、お姉ちゃんと二人の時にしなさい、わかった？」

うん、姉さんチョロすぎ。そして、最後の言葉はもはやブラコンってレベルを超えちゃってると思うんだけど、冗談だよな？

さっそくその過激な発言に、母さんが反応した。

「あら、リーナ。それは聞き捨てならないわね。ルカはみんなのルカよ？」

いや、俺は俺のものだよ。

みんなの所有物みたいに言わないでよ母さん。てか、そもそも〝みんなのルカ〟ってなんだよ⁉

「ぶーーーー！　母さんはさっきルカのこと散々抱いてたんだから、今は私のルカなのー！」

「何を言ってるの、リーナ。あなたの方が先にルカを抱きしめていたじゃないの？」

なんか二人ともどんどんヒートアップしてきて、一触即発ムードになってるぞ。

おい、父さん！　止めてくれ……ってダメだ！　兄さんと同じで食事に夢中だよ！　お前らどんだけ食事大好きやねん！

思わず関西弁でツッコミ入れちゃったけど、そんなことしてる場合じゃないな。仕方ない、ここは俺が一肌脱ぐか。

「母さん？　姉さん？　喧嘩《けんか》しないで仲良くご飯食べようよ。大好きな二人が喧嘩しているところなんて見たくないよ。ね？」

「「ル、ルカ……」」

俺に指摘され、二人はすぐに喧嘩をやめて和解した。

「リーナ、ちょっと熱くなっちゃったわ、ごめんなさいね？」

「い、いや。元々は私が悪いから、こっちこそごめんなさい……」

うん、やっぱり家族は仲良くないとね！

「うん、じゃあ、仲良く食べようっ！　母さん、はい！」

俺はスプーンに一口分のビーフシチューを丁寧に掬《すく》って、母さんの口元に近づける。

「え？」

「はい、あーん！」

母さんは、一瞬首を傾げたが、すぐに俺が何をしたいのかわかったらしく、すごく嬉しそうな顔でビーフシチューを食べてくれる。

「あーん。はむっ。うん、美味しいわ。ありがとう、ルカ」

「うんうん。じゃあ、次は姉さんね、あーん！」

「ちょっとルカ！　さすがにそれは恥ずかしいって」

姉さんは照れくさそうに顔を背《そむ》けて拒んだが、それも最初だけで、俺が悲しげな表情を見せると、すぐに口を開けてくれた。やはり、姉さんはチョロい。

「……わ、わかった！　食べるから、そんな悲しそうな顔をするな！　あ、あーん」

うんうん、やっぱり家族はこうでないといけないよね！　仲良し家族、万歳！

「じゃあ、次はお母さんがルカに食べさせてあげるわね？　あーん」

すると、今度は母さんが仕返しとばかりにシチューを食べさせてくる。

「え？　あ、ありがとう母さん！　あ、あーん！　うん！　美味しいねっ！」

それを見た姉さんも、負けじとスプーンを近づけてくる。

「じゃあ、次は私のもだ！　あーん！」

「あーん！　美味しい美味しい！」

それからも、何度か食べさせ合いっこをしながら、家族で久しぶりの食事を楽しんだ。

ちなみに、父さんと兄さんは自分の食事に夢中で気づかないままだったのは、言うまでもない。

とにかく、家族みんなで食べるご飯は……やっぱりとても美味しいなぁ！

◆

父さん達が帰ってきてから三日経った。

俺は今まで通り訓練を続けていて、今は兄さんと姉さんも同じ時間帯に剣の訓練をしている。

まあ、俺だけメニューは違うけどね。なんたって俺は、剣じゃなくて拳で戦う男だからな！

相変わらず訓練時のギャラリーは一人も減ることはなく、むしろ、みんな帰ってきた影響で前よりも人が増えたくらいだ。

一体いつになったらみんな飽きるのかな？

ちなみに、最近では使用人以外にもギャラリーが増えていて、街から出張してきている冒険者兼剣術家庭教師のパリスさんという人も、兄さん姉さんに剣を教えながら横目でチラチラとこちらを観察してくる。

俺の正拳突きを見て〝あれが噂の神童か〟なんて呟いてたけど……変な噂なんて流れてないよな？

ま、きっと大丈夫だなっ。ハッハッハ。

さて、前までは訓練終わりは庭の周りを散歩していたのだが、父さん達が帰ってきてからは、俺もみんなと一緒に家に帰るようになった。

俺はすぐに自室に戻って本を読む。

今読んでいるのは、父さん達がお土産《みやげ》に買ってきてくれた、錬金術のレシピ本だ。

それにしても、俺がどんな本を読んでいるかをみんなに把握されているのは、薄々わかってたけど、二歳児のお土産にこんな本を買ってきてくれるなんて思いもしなかったよ。

普通なら絵本とか玩具《おもちゃ》のところを、今まで読んでいた本の関連書籍だからね。

お土産を渡された時は、嬉しすぎて、思わずみんなに抱きついいちゃったよ。

勢いあまって、使用人達全員にまで抱きついちゃったのは仕方ない。まあ、俺が抱きつくとみんなも喜ぶから問題ないよね。

そんなお土産の本も、残念ながら今日で読み終わってしまう。

明日からは、またしばらくは散歩で暇つぶしをするか、家族サービスの日々に戻るかの二択だろうな……

うーん。なんか、今の俺でも気軽にできることはないかな?

そんなことを考えながら、錬金術のレシピ本を読んでいるうちに、ふと思いついた。

「あっ、錬金術を本格的に始めてみればいいんじゃないか?」

錬金術スキルはすでに取得しているし、作業小屋だって土魔法で簡単に作れるはずだ。

錬金術に必要な材料も父さんに頼めばなんとかなるだろう。上手くいけば、今のうちに小遣い稼《かせ》ぎができる。

いつか独り立ちする時のための資金稼ぎは早めにはじめておいた方がいい。

軌道に乗ったら、いつもお世話になっている家族のみんなや使用人達に自作のアクセサリーなんかプレゼントするってのも面白そうだ。

うん、いいな。凄くいいアイデアだぞ、これ！

よし決定！　絶対に実現しよう。

もっともっとみんなを喜ばせて、家族の愛を深めるのは最優先事項だ。

そうと決まれば、早くレシピ本を読み終えて、父さんに直談判《じかだんぱん》しに行こう。

家族は全員俺を天才だと思っているし、錬金術のレシピ本をお土産として渡してくる時点で結果は目に見えている。

錬金術を始めたいと言っても、反対されるようなことはないはずだ。

ふっふっふっ。輝かしい俺の未来と家族のために、頑張りますか！

とはいえ、いきなりアクセサリー作りから始めるのはハードルが高そうだし、まずは基本のポーションからだな。

俺はすぐに父さんの部屋に行き、錬金術でポーション作りをしたいと申し出た。

「おお！　ルカはもう錬金術を使えるようになったのか!?　やはり我が息子、天才だっ！　いいぞ、やりたいようにやりなさい！　ポーション作りに必要な物は私が全部揃えてあげよう！」

ちょっとは問答したり条件をつけられたりするかと思っていたけど、父さんは一も二もなく承諾した。

俺は自分の親の親馬鹿さ加減を甘く見ていたようだ。

ほんと、うちの父親は、世界最高の父親だよ。今度おいしい料理を作ってあげて、恩返しをしよう。

◆

錬金術開始に向けた準備期間は激動の日々ということもなく、俺はいつも通りの日常を堪能しつつ、ゆっくりと準備を進めた。

別に急いで錬金術を始めたいわけではない。

まだ俺は二歳児だからね、気長に進めるさ……なんて思っていた時期が俺にもありました。

事態が急変したのは、父さんに許可を貰った三日後の昼頃だった。

いつも通り、自室で魔法の訓練に一人で勤《いそ》しんでいると、物凄いスピードで誰かがこちらに向かってきているのを感じた。

だいたいこういうのは姉さんか母さんかアリーの三択に絞られるのだが……この床の軋《きし》みはいつ

も聞いている音の倍以上であるため、もっと体重がある誰かに違いない。

となると、次に確率が高いのは父さんか兄さんのどちらか。

でも、兄さんがこんなに慌てて俺に会いに来る理由なんて考えられないから、消去法で父さんってことになるのかな？

そうこうしているうちに、その人物がついに部屋の前に到着し、ノックもなしにバンッと勢いよくドアを開けた。

「はあ、はあ、はあ、はあ、ルカ！　いるか？」

部屋に入ってきたのは、予想通り父さんだった。

重たい体にムチ打って全力疾走《しっそう》したためか、かなり息が上がっている。

「いるよー！　てか、そんなに急いでどうしたの？」

俺が呆れ半分に理由を聞くと、父さんは肩で息をしながらも、俺に意味ありげな笑みを浮かべてみせた。

「ふふふっ、聞いて驚くなよ？　実は今しがた、ルカが私に頼んできた材料を全て揃えたんだ！はっはっは！　どうだ？　早かっただろう？」

「な、なんだってー」

何故か棒読みのわざとらしいリアクションになってしまったが……正直言うと、かなり驚いている。

だって、全て揃えるのに最低でも一週間は掛かると予想していたのに、まだ頼んでから三日しか経ってないんだよ？

父さんって見かけによらずめちゃくちゃハイスペックな人間なのかもしれないな。いや、貴族の当主なんだから、それくらい当然なのか？

とにかく、そんなことよりも今は父さんにお礼を言わないと！

「父さんすごいね！　まさか、こんなに早く揃えてくれるなんて思っていなかったよ！　さすが僕の尊敬する父さんだ！」

「ん？　そうか？　そうだろうそうだろう!!　ふははははっ」

父さんは俺に褒められると、あからさまに大喜びして、自慢げにどうやって材料を集めたのか説明しはじめた。

材料を集めた過程に興味はないが、話を聞くのも家族サービスの一環なので、俺は父さんをよいしょしながら話を聞いてあげることにした。

それにしても、予想外に早く材料が集まってしまったから、作業をする場所の準備ができていないんだよなー。

せっかくだから、小屋を建てて、そこを作業場にしたいんだけど……さて、どうしようか……

「ルカ！　そんなことより、いつ錬金術を始めるんだ？　私は早くルカが錬金術をしているところを見たいぞ！　というか、そのために早く材料を集めたようなものだからな！　はっはっは！」

父さんは興奮した勢いそのままに、早く俺が錬金術を使うところを見たいと急《せ》かしてくる。

う、うーん。困ったな。今の父さんに〝すぐには無理だよ〟なんて言うのはあまりにも酷だ。せっかく俺のために頑張って材料を集めてくれたんだから、感謝の意味も込めて、今すぐ錬金術を見せてあげたい。

うん、仕方ないな。

本当はじっくりと場所を吟味《ぎんみ》して、土魔法を使って素晴らしい作業小屋を作ろうと思っていたけど、それは諦めよう。

最悪、小屋は後からいくらでも手直しできるからな。

場所については、ひとまず屋敷のすぐそばでいいだろう。そうと決まれば即行動だ。

「父さん、じゃあ、早速錬金術を始めるから、材料を持って五分後くらいに外に来てくれるかな？」

俺はいまだ興奮冷めやらぬ父さんを落ち着かせてから、先に部屋を出た。

何故五分の時間をもらったのかと言うと……小屋を建てる時間が欲しかったからだ。

え？　五分で小屋が建てられるわけないだろうって？

ふっふっふっ。甘い甘い。砂糖を二十杯入れたコーヒくらい甘いよ。

この世界には魔法というものがあるんだ。そして、俺の土魔法はすでに王級のレベルMAX寸前だ。

そんな俺の土魔法にかかれば、簡単な小屋を作ることなど楽勝。ちょちょいのちょいってやつだ。

とまあ、考え事をしている間にも時間は過ぎていき、早くも残り時間は四分を切っている。

さあ、早く小屋を建てて、初めての錬金術を始めないと。


屋敷の外に出た俺は、庭から少しだけ離れた位置まで移動して、一旦その場に腰を下ろした。

魔法で小屋を作るのは簡単だが、短時間で作り上げるには、失敗しないようにしっかりと精神を落ち着かせ、集中して魔法を使う必要がある。

「はぁー」

俺は数秒かけて深く息を吐き、肺に入っていた空気を抜き切る。

「すぅー」

その後、同じく時間をかけて肺一杯になるまでゆっくりと空気を吸い込む。
二、三回この動作を繰り返しながら精神を研《と》ぎ澄《す》ませた俺は、そのまま作製する小屋のイメージを練《ね》っていく。
大きさは十畳ほどで小さめに。天井の高さは余裕を持たせて四メートルくらいほしい。

小屋の中は一部屋だけで、錬金術で作製した物を置くための棚を一つだけ作り、後は何もないシンプルな作りにする。

床は適度なクッション性を持たせて柔らかめに、壁や天井は頑丈《がんじょう》にして、陽が入るように窓をつけたいので窓用に二つ穴をあけておく。ドアも土で固めて頑丈にし、内側に開く造りにしておく。

その他にも細かく小屋のイメージを練り込んでいき、タイムリミットまで残り一分を切るかどうかというところで、俺は土魔法を発動した。

すぐに目の前の土がボコッと盛り上がり、無数の長方形のブロックを形作ると、それらがひとりでに積み重なって家の壁や天井を構成していく。

一分と経たずにイメージした通りの小屋が出来上がり、無事にミッションをコンプリートした。

魔法の訓練は毎日のように行なっていたが、実際に小屋を作るのは初めてだったので、上手くいくか心配なところもあったけど、無事に造れて良かった。

それにしても、魔法で家が造れちゃうんだから、異世界ってすごいよな。

まあ、恐らくこんな風に魔法を使うことができるのは、世界中探しても俺くらいなんだろうけど……

（だよね？　アテナ）

『その通りです、マスター』

やっぱり……アテナのお墨付きだよ。

「ルカー！　ルカー!!　どこだー！」

そんなやり取りをしていたら、屋敷の方から父さんの声が聞こえてきた。

「父さーん!!　こっちだよー！」

俺も負けじと、大きな声で叫んで、父さんに自分のいる場所を教える。

すると……父さんと俺の声につられて、姉さんが屋敷から飛び出してきた。

「ルカー！　何してるんだー!?」

姉さんは父さんを追い越して一直線にこちらに向かってくる。

見物客は父さんだけだと思って小屋はあまり大きくしなかったから、これ以上増えると中がかなり窮屈《きゅうくつ》になってしまうんだけど……

「ん？　ルカが何かしているのかしら？」

「待ってよー」

さらに、姉さんの叫び声につられて母さんと兄さんまでも外に出てきて、一瞬にしてリーデンス子爵家が勢揃いしてしまった。この流れだと、すぐに使用人も全員集合するんじゃ……

案の定、セルとナージャをはじめ、続々と使用人達が姿を現し、気がついたら俺が作った小屋の前に家族と使用人全員が勢揃いしていた。

どうしてこうなった……？

俺が土魔法を使って作製した小屋を見た家族は皆一斉に、驚きの言葉を口にした。

「いつの間にこんな小屋が？」

「あら、朝見た時にはなかったはずだけど……」

父さんと母さんは顔を見合わせ、姉さんは興奮しておかしなテンションになっている。

「なんだ‼　どうなってるんだ‼　どうなってるんだ‼」

「リーナ、気づいたら小屋ができていたってことは、多分ルカの仕業《しわざ》だよ」

最後の兄さんのセリフは聞き捨てならないんだが？

突拍子《とっぴょうし》もないことが起きたら全部俺の仕業って、どういう論法だい？　まあ、小屋を作ったのは事実だから反論できないけど。

家族同様に、使用人達もそれぞれ驚いて声を上げている。

「どう？　これ、ついさっき僕が魔法で作ったんだよ？　すごいでしょ！」

俺は子供らしい無邪気さを装《よそお》って、あえて得意げに振る舞ってみせる。

「ルカが魔法で作っただと⁉　なんということだ！　ルカは錬金術だけじゃなくてすでに魔法も扱えるのか？　本当に素晴らしいな！　さすが、我が息子だ！」

「ふふっ、ルカは私の子供だもの。魔法が得意でも不思議ではないわー。それにしても、もう使え方ない。

「ルカが魔法を使えるなんて初耳だ!!　お姉ちゃんに教えてくれないなんて、ずるいぞ！」

「へえー、本を読めるだけでもすごいのに、ルカはもう魔法が使えるのかー！　びっくりしたよ！」

「まあ、まだ大して教育を受けていない二歳の幼児が突然魔法を使ったんだ。みんなが驚くのは仕るなんて、本当にすごいわねー」


むしろ、普通なら気味悪がられてもおかしくないくらいだ。

それなのにうちの家族や使用人達ときたら、疑う素振《そぶ》りすら見せないで、頭から信じ切っているんだもんな。

みんな自分のことのように称賛して、心から喜んでくれる。ほんと、最高の家族だよ。

「でも、ルカが魔法を使うところを見られなかったのは残念だわー」

「そうだ！　ルカ！　なんでもいいから魔法を使うところ見せて！」

残念がる母さんに便乗して、姉さんが厄介な要求をしてきた。

まあ、減るものでもないし、これだけ人が集まってしまったのだから小屋を作り直した方が良さそうだ。

俺は小屋を一旦解体して土に戻し、改めて使用人を含めた全員が中に入れるくらいの広さがある小屋を一から作ることにした。

みんな〝せっかく作ったのにもったいない……〟なんて残念がっているけど、元はただの土だし、これからもっと大きい小屋を作るんだから、気にする必要ないのに。

俺は先程よりも二回り大きい小屋を思い描いて、すぐに土魔法を発動する。

内装や外観は先程作った小屋とほとんど同じ物をイメージしたので、先程よりも短時間で済ませられた。

魔法が発動して数秒後には、新しい小屋が出来上がる。

「ふうー、こんな感じだけど、どうだったかな？」

俺はかいてもいない汗を拭《ぬぐ》うような、わざとらしい仕草をして、仕事した感を出す。

「「「「「……」」」」」

間髪容《かんはつい》れずに俺を褒めたたえてくると思っていたのだが、みんな口をポカーンと開けて黙っている。

あれ？　いつもと反応が違うぞ？

不思議に思って様子を窺っていると……ようやく父さんがようやく口を開いた。

「セル……今、詠唱が聞こえなかった気がするのだが、気のせいか？」

「旦那様……わたくしめにも詠唱は聞こえませんでした……」

「「「わ、私達もです……」」」

父さんに尋ねられたセル、それにメイドのみんなが口を揃えて頷いた。

え？　詠唱？　詠唱って魔法の詠唱のことだよね？

そんなの、無詠唱スキル持っている俺には必要ない。そもそも、小屋を建てる魔法の詠唱文なんて本に載ってないから、詠唱のしようがないじゃないか。

「え？　別に詠唱しなくても魔法が使えるから、詠唱はしてないよ？　というか、今まで詠唱したことなんて一回もないけど」

「「「「な、なんだってー!?」」」」

俺が一度も詠唱したことがないと口にすると、みんなが大声で驚きのリアクションをとった。

「そ、それは本当なの!?　ルカ、どうなの!!」

その中でも最も大きなリアクションをした母さんは、俺に駆け寄ると両肩を鷲掴《わしづか》みにして問いただしてきた。

二歳児の子供を掴む力ではないと思うけど、かなり興奮して我を忘れているんだろう。

「ほ、本当だから一旦落ち着いて、母さん!!」

俺は母さんを落ち着かせるために声をかけながら、アテナに確認を取る。

(てか、今更だけど、無詠唱って珍しいのか？　アテナ、わかる？)

『はい。現時点では、マスター以外に無詠唱スキルを持っている人物はいません。過去には何人か存在していたようですが……』

うん、珍しいなんてもんじゃなかったわ。

「ご、ごめんなさい、ルカ。ちょっと興奮してしまったわ。それにしても……」

ようやく冷静さを取り戻した母さんは、先ほどとは打って変わって真剣な表情でこちらを見つめて何かを言おうとしている。

さすがにやりすぎて〝天才だから〟の一言では片付けられない事案になってしまうのかと心配したのも束の間――

「ルカはやっぱり天才だわー！」

「ふギュッ!?」

母さんは突如《とつじょ》叫び声を上げて、先程とは違う興奮のしかたで俺をギュッと抱きしめた。

予想外の衝撃を受けて変な声が出てしまったが、母さんは一切気にすることなく、俺を物凄い力で抱擁する。それからも母さんは、立て板に水で俺を褒めちぎった。

「二歳で魔法を使えるという時点で凄いけど、無詠唱なんてもっと凄いわ!!　それに、小屋を建てるオリジナル魔法を編《あ》み出してしまうなんて!!　ルカは将来、きっと宮廷魔導師団の団長になれるわね!!　間違いないわ!!」

えっと、母さん？　宮廷魔導師団なんて面倒くさそうなの、俺は絶対にならないからね！

これは未来でそうなるフラグとか、伏線じゃないからね！

「なっ!?　母さん！　ずるい！　私もすごいルカを抱きしめるー！」

心中で宮廷魔導師団入りを拒否していると、我慢できなくなった姉さんが突進してきて、母さんとは違う方向から俺に飛びついてきた。

「へぎょ!?」

これまた予想外の衝撃に変な声が出たが、二人ともそんなことは気にせず抱きしめてくる。

こうなってからが長いのだが、これは愛情表現の一つ。こんな俺を受け入れて愛してくれるんだから、甘んじて受け入れようじゃないか。

家族とのスキンシップは何よりも大事だしな。

そうして俺は、母さんと姉さんにサンドイッチされた状態で、されるがままの抱き枕状態にシフトチェンジするのだった。

『あぁ、私もマスターのことを抱きしめたいです……あぁ、羨《うらや》ましい……』

何やらアテナの声が聞こえた気がしたが……頭の中に直接響いているはずなのに、その声はボソボソとずいぶん聞き取りにくいものだった。今なんて言ったんだろう？

そんなことを気にしている間も、母さんと姉さんの容赦《ようしゃ》ない抱擁は続く。

うん、結局はここに落ち着くんだな。

……てか、これじゃあ全然錬金術始められないんだけど!?

はあ……ほんと、仕方ない家族。そんなところも大好きだよ。

いつもならこうなると、最低でも十分はサンドイッチされたままなのだが、今回は意外な人物が俺に話しかけてきたおかげで、その時間が短縮された。

「そういえば、ルカはどうしてこんなところに小屋を建てたんだい？」

今更な質問をぶつけてきたのは、兄さんだ。

母さんも同じ疑問に思い至り、首を捻る。

「確かにアルトの言う通りね。ルカはここになんで小屋を建てたのかしら？」

そういえば、俺が錬金術を始めようとしているのを知っているのは、父さんだけか。

「母さん、話すから、一旦僕のこと下ろしてくれないかな？」

俺が愛くるしい上目遣いで訴えると、母さんは再度興奮しかけたが、言われたとおりに解放してくれた。だが、まだ後ろにへばりついている人がいる。

「姉さんも、そろそろ放してよ。今するよりも、今度二人の時にでも抱きしめてくれた方が僕は嬉しいんだけどなあ」

その言葉に、姉さんが即座に反応する。

「なに!?　それは本当？　嘘だったら怒るぞ？」

「本当だから安心して。僕が姉さんとの約束を破ったことなんてないでしょ？」

「ん？　確かにないけど……約束だぞ？」

「うん、約束するよ。　だから、一旦放して？」

「うー、わかった。ルカがそう言うなら仕方ないな！　また今度、絶対だからな？」

姉さんの説得にも無事成功し、ようやく自由の身になれた。

「ルカ、リーナだけじゃなくて、母さんとも約束してくれなきゃだめでしょ？」

「……はい」

何やら有無を言わせない迫力で母さんとも同じ約束をさせられたけど……よく考えたらいつも二人には抱っこされながらすごしているので、何も変わらないな。

俺が母さん姉さんをなんとか捌《さば》いていると、後ろから父さんの弱々しい声が聞こえてきた。

「ルカ……そろそろ……小屋の中で話して……くれないかな？」

返事をするために振り返ると……俺が用意させた大量の材料を両手で抱えている父さんの姿が目に入った。

うん、父さんに材料を運んできてと頼んだのをすっかり忘れていたわ。

てか、父さん……使用人に荷物を預ければいいのに。

いつもなら自分で何かを持っていることなんてないんだけど、そんなに自分で運びたいのかな。

父さんを解放するためにも、早く小屋の中に入らないと。

「うん、わかったよ、父さん！　じゃあ、みんな小屋に入って！」

俺は家族と使用人を引き連れて、土魔法で作った小屋に足を踏み入れた。

中は一部屋だけの作りで、家具も何もない殺風景な状態になっている。

うーん、別に錬金術するだけだったらこのまま何もなくてもいいんだけど、今はみんな来てるし、全員座れる分の椅子《いす》くらいは作った方がいいよな？

後で邪魔になったら解体しちゃおう。

俺はそう思い至り、すぐに土魔法で背もたれ付きの椅子を人数分作製する。

足元から植物のように生えてくる椅子を見て、使用人のみんなが驚きの声を漏らす。

「一気にあれほどの数を同時に……」

「やっぱり無詠唱……」

「まだ二歳なのに魔力量がとんでもないな……」

「ルカ、すごいぞー!!」

もちろん姉さんも例に漏れず、はしゃいでいる。

「じゃ、立ち話もなんだし、みんな座ってよ。一応体に接する部分は柔らかめに作ってあるから、そんなに座り心地は悪くないと思うんだけど、何か不満な点があったら言ってくれるとありがたいかな」

フカフカとまではいかないまでも、中を柔らかい粘土《ねんど》状にして、その表面を薄くて丈夫な膜《まく》で覆ってあるから、低反発クッションみたいな座り心地になっているはずだ。

こんな工夫も、魔力操作のレベルがとんでもない俺にしかできないんだろうね。

「ふむ、早速座らせてもらおう」

父さんがそう言ったのを皮切りに、みんなが次々に俺の作った椅子に恐る恐るといった感じで腰を下ろしはじめる。

「ん？　見た目は石でできているみたいなのに、お尻が痛くないな」

「あら、本当だわ！　背中とお尻の部分がいい感じに凹《へこ》んで、凄く座り心地がいいわね～」

父さんと母さんは見た目とのギャップに驚いて、手で感触を確かめている。

もちろん、姉さんと兄さんにも好評だ。

「すごい！　石なのにプニョプニョだ！　でも壊れない！」

「本当だね。どうやったらこんな椅子が作れるんだろうか？　どうせルカにしかわからない秘密があるんだろうなあ」

俺が作ったということで、ちょっと家族補正が掛かっているのかもしれないが、セルやナージャも手放しで褒めてくれているから、評価は上々と言える。

「おお、これは凄いですな。私の記憶上、石造りでここまで座り心地のよい椅子は初めてです。さすが、ルカルド様。天才的ですな」

「そうですね。こんな変わった椅子を作れるルカルド様はまさしく神童。本当に、すごいお坊ちゃんですね」

もしかしたらこの椅子、売れるんじゃないか？

一瞬そんな考えが脳裏《のうり》をよぎった。

一応俺の魔力量ならば、この程度の椅子は余裕で量産できる。しかし、逆に言えば俺以外の人間には生産できないのが問題になりそうだ。

もし上手くいって物凄い需要が生まれたら、供給が追いつかなくなるのは目に見えている。毎日椅子作りに追われる生活も嫌だし……うん、この椅子で金稼ぎするのは、一旦保留だな。

うーん、それにしても、自分で作っておいて言うのもなんだけど、この椅子、すごく座り心地がいいな。

これなら、いい感じに眠れそうだ……

「それじゃあ、みんなが落ち着いたところで、ルカの口から何をするか説明してもらってもいいか？」

自作の椅子でリラックスするあまり、あやうく眠りに落ちかけていたところ、父さんに声をかけられて我に返った。

ああ、そういえば、錬金術を披露するって話だったね。すっかり忘れていたよ。

まあ、口で言うより見せた方が早いだろうし、とりあえず道具を準備するところから始めようか。

まずは土魔法を発動して、大きめの鍋《なべ》を作る。

次は父さんに、用意してもらった材料を持ってきてもらう。

「父さん、じゃあ材料ここに置いてくれる？」

「ん？　わかった。これでいいか？」

「うん、ありがとう。せっかくだから、父さんは一番近くで見ててよ？　材料とか用意してくれたんだしさ！」

「ん？　そうだな、ルカがそう言うなら、それもよかろう」

父さんはクールに言ったつもりのようだが、どう見ても喜んでいるのがバレバレだ。みんなから微笑ましい視線が集中するくらいにはわかり易かった。

さて、準備は完了したけど、実際に錬金術を始める前に、一度『錬金術のススメ』で学んだことを軽くおさらいしておこう。

まず、錬金術の基本は、『合成』『分解』『再構成』の三つだ。

さらに応用術として、『粉砕《ふんさい》』『抽出《ちゅうしゅつ》』『細工《さいく》』『複製』『手形成《てけいせい》』等といった術式がある。

発動方法は魔法スキル同様、術式名を詠唱するだけなのだが、スキルレベルの低いうちにこれらの応用術をやろうとしても上手くいかない場合があるらしいので、最初は基本を忠実にやるのが大切なのだそうだ。

ちなみに、現時点で俺の錬金術スキルは――一度も使ったことがないのに――何故か特級のレベル3だ。

実践経験ゼロで、錬金術関連の書籍二冊、『錬金術のススメ』と『錬金術下級～上級者用レシピ』を読み終えただけで、そこまで上がっていた。さすが成長促進さんである。

ちなみに、今回は『錬金術のススメ』に書かれていたありがたい助言に従って、手始めにポーションを作ろうと思っている。

ただ、一口にポーションといっても、下級錬金術師と上級錬金術師とでは、作製手順が大きく変わってくる。

具体的には、応用術を使用するか否《いな》かだ。

応用術を駆使した場合、ポーションを作る際の手順が大幅に楽になり、品質や効果も上がる。

しかし、錬金術スキルのレベルが低い場合は、応用術を使用しても失敗する確率が高く、出来も悪くなるらしい。

スキルの位が上級以上になっていれば、応用術を使用しても失敗することはないという。

俺はすでに特級錬金術師なので、初めてとはいえ、応用術を使って作っても問題はないだろう。

ということで……今回は応用術を使ってポーションを作る。

え？　基本が大事だって？

大丈夫大丈夫。失敗したら基本からやり直すから。何事もチャレンジが必要なのだよ。

てことで、レッツアルケミー！

俺はまず、父さんに用意してもらったポーションの材料、ヨクル草という薬草を鍋の中に全て入れる。

続けて、錬金術の応用術『粉砕』を発動すると、目の前に魔法陣が生じ、鍋一杯の薬草が青白い光を放ち、一瞬で粉末に変わった。

「綺麗！　何か光ったと思ったら、いつの間にか草が粉々になってる！　凄い凄い！」

「へえー、錬金術なんて初めて見たけど、とても綺麗な光が出るんだねー」

姉さんと兄さんはどちらも初めて見る錬金術に興味津々《きょうみしんしん》の様子だ。

「旦那《だんな》様が何か忙しそうにしているのは知っていましたが、ルカルド様のために動いていらっしゃったのですか。いやはや、それにしても、二歳にして学もあって、武術、魔法、おまけに錬金術まで扱うとは、ルカルド様は神童なんて言葉では足りないほどの才能の持ち主ですな」

「「綺麗……ルカルド様、凄いです!!」」

使用人のみんなも感動しているようで、中でも執事のセルが俺をこれでもかというぐらいに褒めちぎった。そんなに褒めても何も出ないよ？

それに、ポーション作りはまだまだこれからだ。

次に、ヨクル草の粉末が入った鍋の中に、水魔法で作りだした熱湯を注ぎ込み、よく混ぜ合わせる。

鍋が熱湯で満たされたら、『抽出』を発動して薬草の成分を水に溶かし、同時に水魔法で鍋の水を操作して、円を描くようにして混ぜ合わせる。

さっきまで大騒ぎしていたのに、何故か今はみんな何も言わずに、神妙《しんみょう》な面持《おもも》ちで鍋を見つめていた。錬金術を発動した時の魔法陣の光がよっぽど気に入ったのかな？

しばらく混ぜ合わせたところで、鍋の中が急に青白く発光しはじめた。

数秒すると光が収まり、今まで透明だった中の水が薄い水色に変化していた。

これで完成……かな？

俺は早速このポーションを鑑定してみた。

ポーション（最高級）
高位の錬金術師が作製したポーション。高密度に練られた魔力をもとに生み出された魔法水を使

用したことで、品質が最高級に達している。回復量は特級の二倍。

お、おう……。まさかの最高級……

初めての作品なのに最高級ってどういうこと？

確か品質は、劣、微、下、中、上、特、最高の七段階。初めて作る場合は下でも上出来ってレシピに書いてあったんだけどな……

ハハハハハ。さすが、錬金術を始めてもいなかったのに特級にまでランクアップしていたスキルだけある。これで君もチートスキルの仲間入りだ。おめでとう、錬金術スキル君。

「ルカ、……できたのか？」

出来上がったポーションの鑑定結果を見て現実逃避気味な思考を広げている俺に、父さんが声をかけた。

おっと、危ない危ない。まだ最後の工程が残っていた。

「まだだよ。ガラス瓶《びん》に移し替えて終わりだから、もう少し待ってて」

俺はそう言いながら、父さんが用意してくれた五十本のガラス瓶にポーションを注いでいく。

移し終えたらこぼれないように瓶に蓋《ふた》をして、ようやく完成だ。

「ふぅー。うん、これで終わり。完成だよ！　いやー、初めてだったから、ここまでいい出来に仕上がるとは思っていなかったよ。うん、自分でもびっくりだ」

「「「「……」」」」

ポーションの感想を口にすると、みんな黙ってしまった。なんでだろうか？

いやあ、それにしても初めての錬金術が成功して良かったな。

最初は父さんにしか見せるつもりがなかったから、失敗しても次に頑張ればいいや、くらいに思っていた。けど、気づいたら家族も使用人も勢揃いして、そんな雰囲気じゃなくなってるんだもんな。

これで失敗なんかしたら俺、めちゃくちゃ恥ずかしいじゃないか。

家族のみんなや使用人達にかっこ悪いところなんて見せたくなかったから本当に良かった。

出来が良すぎたのは少しだけ予想外だったけど、失敗するよりはマシだよな。

あまりにもみんなが静かなのでしばし物思いに耽《ふけ》っていると、ようやく父さんが沈黙を破った。

「……えっと、ルカ？　出来がいいかどうか、わかるものなのか？」

「え？　鑑定で見ればすぐわかるよ」

何を当たり前なことを、と思って答えたところ……

「「「「鑑定!?」」」」

「うわぁ！　何!?」

みんなが一斉に大声を出したので、あまりの勢いにびっくりして俺は尻餅《しりもち》をついてしまった。

恥ずかしいし、痛いよ。

「いてて……ちょっとみんな、驚かさないでよ……」

「あっと、すまん、ルカ。というか……今、鑑定で見たと言ったが、本当なのか？」

「え？　うん、本当だよ？」

「本当か？」

父さんは俺の言葉が信じられないらしく、何度も問い掛けてくる。

「本当だよ？」

「本当なのか？」

「いや、だから本当だって！　何回聞くのさ、もう！」

俺はあまりの父さんのしつこさに思わず叫んでしまった。

「いや、鑑定自体は珍しいスキルではないが、鑑定が十分に使えるようになるのは、早くても十歳頃というのは常識だからな。だから、二歳のルカが鑑定を使えると聞いて驚いてしまったのだ。……まあ、よくよく考えたらルカならそれくらいできて当然か」

え？　うそ？　そんな常識あったの？

てか、俺ならそれくらいできて当然って……それじゃあ俺が常識外れみたいじゃないか。

『マスター。実際、この世界の人々は、大体の人が十歳を過ぎた頃にようやく鑑定スキルを扱えるようになるので、お父上の言っていることは間違いではありません。マスターが常識外れなだけなのです』

まさかの、アテナのお墨付き……

いや、つまり今時点で鑑定が使えるのは、成長促進と願望チートさんが悪いということか。

うんうん、俺は決して常識外れな存在じゃないよ。絶対そんなの認めないよ。

「そうね。ルカは私の子供で天才肌だから、鑑定が使えてもおかしくないわ！　だって、私のルカだもの！」

「母さんの言う通り！　私の弟のルカならなんでもできるんだ！」

「まっ、ルカだしね」

母さんや姉さん、兄さんもあっさり受け入れてそれぞれに俺の才能を褒めてくれる。

兄さんだけは他の二人とどこか違う感じだったけど、きっと照れて素直に褒められないだけだろう。まったく、照れ屋な兄さんだ。

「まあ、ルカルド様は全てにおいて優秀ということですな。実に素晴らしい」

最終的にセルが〝俺は神童〟という結論で話を纏《まと》めた。

うん、いつもこれだな。まあ、褒められているんだから悪い気はしないけどね。

「で、ルカよ。ポーションの出来が良いというのは、実際どのくらいなんだ？」

父さんの問いに正直に答えた後、またしてもみんなが大声を出して驚いたことは言うまでもない。

まったく、みんないちいち大袈裟だね。

第四章　錬金生活で小金持ち？

初めてポーションを作ってから一週間が経った。

錬金術の初披露の直後は魔法の扱いが天才的だとか、錬金術がすでに高位スキルになっているのが凄いとか、みんなに色々と褒められまくったが、一週間経った今では、ようやくみんなの興奮も落ち着いてきている。

いや、興奮が収まるのに一週間も掛かったという方がしっくりくるかな？

要するに、いつものリーデンス子爵家は健在だということだ。

あれ以来、俺は二日に一回のペースでポーションの作製を行なっている。

当初は、週に一回くらい作れればいいかなくらいに思っていたのだが、父さんが思いのほか乗り気で、しょっちゅう材料を集めてくるので、仕方なくといった感じでやっている。

まあ、錬金術スキルのレベル上げができるからいいんだけどね。

すでに錬金術スキルは、王級のレベルＭＡＸ手前という、とんでもないところまできているが、俺は止まらない。

どうせならいけるところまでいこうと思っている。目指せ、神級錬金術師ってね？

しかし、ポーションを一日につき五十本ずつ量産していくのはいいんだけど、これをどう消費したものか、使い道には迷っている。

自分で使う機会なんて今のところ皆無だからな。

このままのペースで量産していくと、いずれ小屋中がポーションだらけになってしまう。

まあ、こういう時は素直に父さんに相談だ。

忘れがちだけど、父さんは、領地持ちの子爵様。ここら辺では一番偉い男だから、きっと俺の悩みもすぐ解決してくれるはずだ。

ってことで、早速相談してみたところ……実にあっさりとした助言をもらった。

「売ればいいんじゃないか？」

その一言で俺の悩みが解決した。

そもそも、売るためにポーション作りを始めたのを忘れていた。

いつの間にか家族や使用人に錬金術を披露するのに夢中になっていて、本来の目的を見失うとは、まだまだ俺も未熟者だな。まあ、二歳児だから仕方ないよね？

ポーションの使い道は決まった。

早速売るために街に出る許可をもらおうと、その場で父さんに相談してみたが、返ってきた答えは予想外のものだった。

「いや、ルカがわざわざ出向く必要はないだろう。私が仲良くしている商人を屋敷に招くから、その時に交渉すればいいさ」

いや、本音《ほんね》を言うと、街に出てみたかったんだけど……まあ、まだ二歳だから早いか。すでに幼児とは思えないような行動ばかりしてるから、すぐに街に行かせてもらえると思ったんだけどな。それはまた次の機会を待つしかないか。

なんでもやってみろという割に、父さんは妙なところで過保護だよな。それも愛されている証拠だから文句なんてないけどね。

うーん、それにしても、商人かー。

父さんと仲のいい商人といえば、月に二回は屋敷に来ているワルツさんかな？

確か、父さんとは学生時代の同級生で、父さんと同じくぽっちゃり体型だ。

俺はまだ遠目から見ただけで、話したことはない。でも、父さんの友達なんだから、きっと悪い人ではないだろう。

俺が作ったポーション、どれくらい稼げるんだろうか？　すごく楽しみだなー。

『マスターの作ったポーションですから、絶対に高額で取引できるでしょう。私も楽しみです！』

アテナは自信たっぷりだけど、本当かな？　本当だといいな。

俺は、数日後に控えたワルツさんとの初商談に期待を寄せ、その日を楽しみに待つことにした。

◆

父さんに相談してから二日が経ち、ついにワルツさんが家にやって来る日になった。

本来なら、一週間後に来る予定だったのだが、父さんが上手く調整してくれたらしい。最近世話になりっぱなしだ。

まっ、父さんも頼られて喜んでいるみたいだし、ウィンウィンな関係かな？

ワルツさんとの商談は、屋敷の応接室でやる予定なので、俺は先に応接室に入って待つことにした。なんであれ、初めてすることにはワクワクが止まらないのだ。

「ルカ、もう来たのか？　早いな」

応接室には父さんがすでに待っていた。後ろにはセルも控《ひか》えている。

「間もなくワルツ様が到着すると思いますので、もうしばらくお待ちください、ルカルド様、何かお飲みになられますか？」

「わかったよ！　えっと、それじゃあ、りんごジュースで！」

「かしこまりました。すぐにご用意いたします」

セルはそう言うと、応接室から出て飲み物を取りに行った。

りんごジュースで思い出したが、ここは俺が前まで生きていた世界とは別の世界だというのに、何故か野菜や果実等の食べ物類の名前は同じものが沢山ある。

まあ、どうせ神様の気まぐれでたまたま同じというだけで、特に意味はないのだろうけどね。

『ふぉっふぉっふぉ、よくわかっておるわ』

一瞬、そんな幻聴が聞こえた気がしたが、理由はなんであれ、俺としてはわかりやすいからありがたい。

「お待たせしました、ルカルド様」

そうこうしているうちに、セルがりんごジュースを持って応接室に戻ってきた。

俺は乾いた喉を潤《うるお》すために、すぐさま受け取ったグラスに口をつける。

うん、美味《うま》い。美味いんだけ……ぬるいんだよなー。

この世界、冷蔵庫とかの家電がないのは不便だよ。

まあ、その代わりに魔法があるんだけど……ってそうだ！　魔法で冷やせばいいんだ！

うわ、なんで今まで気づかなかったんだよ！

機械がないなら魔法で解決。

これが異世界の定番だって、よくわかっているはずだったのに、ほんと俺ってバカだな。

よし、もう過去を振り返るのはやめだ。

大事なのは今。今この場で冷たいジュースを飲むことが最優先事項だ！　商談？　そんなもん関係ねえよ！　冷たいジュースと天秤《てんびん》にかけたら、冷たいジュースの方が重いに決まってんだろ！ってことで、早速ジュースを冷やすために、氷魔法で小さな氷をいくつか作り、グラスの中に全部ぶち込む。

これが噂の、ルカルド一秒クッキングだ。なんてね？

氷を入れて数秒経つと、グラスの表面が良い感じに結露して冷たくなってきた。

俺は満を持して冷えたりんごジュースを一気飲みする。

ゴクッ、ゴクッ、ゴクッ！

「うおぉー！　めっちゃくちゃ冷えてて、うめぇぇぇ！」

「「うわ⁉」」

あまりの冷たさとりんごジュースの美味しさに、思わず大声で叫んでしまった。そのせいで父さんとセルが驚いて変な目でこちらをみている。

「あっ……な、なーんてね？　えへへ、りんごジュース美味しいなー！」

とっさに取り繕ってみたけど、これじゃあ厳しいか？

「お、おぉ？　なんだ、ジュースが美味しかっただけか。いきなり叫び出したからびっくりしたぞ」

どうやら、なんとか誤魔化せたようだ。

ふうー。危なかった。これからは気をつけよう。

コンコン。

そんなやりとりをしているうちに、応接室のドアをノックする音が聞こえた。

その後すぐに、ナージャが来客を知らせにやってきた。

「旦那様、玄関前にワルツ様がお見えです」

「ああ、こちらに案内してくれ。すでに準備は整っている」

「かしこまりました」

いよいよだな……。ワルツさんと実際に話をするのは今回が初めてだ。さて、どんな人なんだろうか。商談、上手くいけばいいいな。

俺は、期待に胸を膨らませながら、対面の時を待つ。すると……

コンコンコンッ、と三回ノック音が部屋に響いた。

いよいよご対面だ。

「お連れしました」

「うむ、入ってくれ」

「ふむ。案内ありがとう、ナージャさん。では、失礼するよ」

父さんが返事をすると、ナージャに案内されて、貫禄《かんろく》のあるぽっちゃり体型のおっちゃんが入ってきた。

まん丸顔のまん丸体型。顔は特別整っているわけではないが、全体的に優しそうな印象の顔つきをしている。

服は特に派手でもなく、足元まで丈がある白ワンピースの上から藍色《あいいろ》のフード付きローブを羽織《はお》っていて、背中にはかなり大きなバッグを背負っている。

その大きなバッグが、いかにも商人という感じがして、これから始まる商談への期待がいやがうえにも高まる。

さて、俺のポーションはこの人のお眼鏡《めがね》にかなうかな？

たったの約一週間ぶりだというのに、父さんとワルツさんは、再会を喜びあいながら会話を弾ませていた。

「やあ、ワルツ。急に呼び出して悪いね。来てくれて嬉しいよ！」

「ははっ、私とお前の仲じゃないか。急ぎの連絡をもらえばすぐに来るさ！　早速、話を聞かせてもらおう」

「ああ、その前に紹介しておきたい者がいるんだが、構わないか？」

「紹介？　ああ、そうか。その子が噂の……」

ってちょい待ち。噂のって……またか！　また俺の噂か！

一体誰がどんな噂を流してるんだよ！

「ああ、その通りだ。ルカ、ワルツに自己紹介を」

「ちょっと待て、カイム。その子はまだ二歳だろう？　いくらなんでも自己紹介なんて、大袈裟じゃ……」

ワルツさんは半信半疑の様子だが、俺は気にせず挨拶《あいさつ》することにした。

「はじめまして。僕、ルカルドっていいます！　今年二歳になりました！　よろしくおねがいします！」

なるべく子供っぽい口調になるように心掛けてはみたが、この程度の自己紹介でも、二歳児にしては普通とは程遠く……

「なっ⁉　二歳でここまで流暢に話せるのか？　それに言葉遣いもしっかりしている。ふむ、どうやら噂通りの神童のようだな」

ワルツさんは、当然のごとく驚いた。

まぁ、そりゃそうだよね。噂の通りの神童ってところが引っ掛かるけど、人の噂も七十五日って言うし、いつかは風化していくでしょ。

「うむうむ、ルカ、きちんと挨拶ができて偉いぞ!!　さすが私の子だ!!」

「ははっ、ありがとう父さん」

自己紹介を聞いた父さんが、満足そうな笑みを浮かべながら頭を撫でて褒めてくれた。

うん、やっぱり褒められるのは気持ちがいいね。たったそれだけで噂のことを忘れる俺って、チョロすぎるかな？

そうこうしているうちに、衝撃から立ち直ったワルツさんが居住まいを正し、改めて俺に自己紹介をしてくれた。

「ごほんっ。では、私からも自己紹介をさせてもらおうか。私の名はワルツ・クロイスベル。商人をやっているが、一応クロイスベル子爵家の三男でもある。もっとも、成人してすぐに家を出ているため、九年は経った今となっては、あまり関係ないのだがな。よろしく頼むよ、ルカルド君！」

なるほど、貴族の父さんにタメ口で話すのは、親友だからなのかと思っていたけど、そもそも同じ子爵家の出だったのか。

「ふむ、顔合わせも済んだことだし、早速本題に入ろう。セル、早速〝例の物〟を持ってきてくれ」

「かしこまりました。旦那様」

セルはそう言うと、俺が作ったポーションをテーブルの上に置いた。

「ん？　これはポーション？　おいおい、カイム……まさかこれを私に売るためだけに呼んだわけじゃないだろうな？　確かに、ポーションはまだ我が商会では扱っていないが、緊急で呼び出されるほどの案件ではないと思うのだが？」

「はっはっはっ。焦るなよ。確かワルツは鑑定持ちだったよな？　とりあえず、このポーション、鑑定してみろよ」

「なんだ？　ただのポーションじゃないとでもいうのか？」

ワルツさんは納得していない様子だったが、父さんに促されるままに俺の作ったポーションを鑑定した。

父さんは妙に自信満々だけど、相手は商人だぞ？　この商談、本当に成立するのか？

そんな俺の不安は、この後見事に吹き飛ばされた。

「うわぁ⁉　なんだ、このポーションは⁉　凄すぎだろう！　いったいどこの天才錬金術師が作ったんだっ⁉」

「ぅわぁっ⁉」

ワルツさんがあまりに大きな声で叫ぶものだから、驚いて俺まで大声を出してしまった。

突然の大声のインパクトが上回ってしまったが、彼は俺の作ったポーションを〝凄すぎる〟と評価してくれた。

本職の商人にそう言ってもらえると、やはり自信がつくな。

これだけの高評価なら、きっと商談も上手くいくはずだ。そうすれば、悠々自適《ゆうゆうじてき》なスローライフを送るための活動資金を貯める第一歩となる。

ふっふっふっ！　待っていろ、俺のスローライフ!!　必ずたどり着いてみせるからな!!

俺の内心の決意を横目に、ワルツさんは興奮した様子で捲《まく》し立てる。

「カイム!!　いったいこのポーションを作ったのは誰なんだ!?　お前は知っているんだろ？　なあ!!　なあ!!」

驚くほどの豹変《ひょうへん》ぶりに俺は若干ビビってしまったが、父さんは呆れ顔でされるがままになっている。

これだけの鬼気《きき》迫った表情で問い詰められても軽く流すとは、さすが子爵家当主だ。

父さんは冷静にワルツさんを諭《さと》して落ち着かせる。

「おーい、ワルツ。興奮しすぎて素《す》が出ているぞー。昔のお前に戻っているぞー。少し落ち着いたらどうだ」

なるほど、人当たりの良さそうな商人という印象だったけど、むしろこっちの荒々しい感じがワルツさんの素なのか。

「わ、悪い。少し興奮しすぎたな……。しかし、こんなものを見せられたら仕方がないぞ？　お前は当然このポーションの鑑定結果を知っているんだよな？」

「当たり前じゃないか！　なんなら、これを作る過程を一番間近で見たのも私だぞ」

「なっ、何⁉　まさかお前の知り合いなのか⁉」

父さんが答えると、一度は落ち着いたワルツさんが再びヒートアップしてきた。

「このポーションは最高級だぞ、最高級‼　あり得るのか？　最高級のアイテムを作れる錬金術師なんて、世界広しといえども『五星錬金術師』と呼ばれる五人しかいないはずだ！　も、もしかして、五星のうちの誰かと知り合えたのか⁉　誰だ！　誰なんだぁー！」

とうとうワルツさんは、父さんの胸ぐらを掴んでグワングワン揺さぶりはじめた。しかも、この程度は慣れっこなのか、セルは主人の危機に際しても止めに入ろうともしない。

どんだけカオスな現場なんだ……

しかし、これに関しては父さんが悪い。

さっさと息子が作ったと言えばいいのに、無駄に引っ張るから、ワルツさんが我慢できなくなってあんな風になっているんだ。

「おぉお……わぁかったから、放せ！　放して！　苦しい！　言うから！　言うから放してくれー！」

とうとう耐えきれなくなった父さんが折れる形で、なんとか場が落ち着きを取り戻した。

そんな必死にやめてと頼むくらいなら、最初から勿体ぶらなければいいのに。まったく父さんは仕方ない人だ。

「ごほんっ。それで、このポーションを作ったのが誰かってことだったな？　それは……」

父さんは咳払《せきばら》いして仕切り直すと、不敵な笑みを浮かべて溜めを作った。

「それは……？」

「今、お前の目の前にいる、ルカだっ!!」

「なっ!?　馬鹿なっ！　冗談が過ぎるぞ！」

再び前のめりになるワルツさんだったが、父さんが首を横に振ると、愕然《がくぜん》としてソファにもたれかかった。

「……そんな、嘘だろ!?」

その世界で五人しか作ることができないらしい最高級のアイテムを二歳児が作ったと言われれば、こうなるわな。

確か『五星錬金術師』というと、俺が読んだ『錬金術のススメ』の作者であるアルナーク・ピンデントという人が、その一人だったはずだ。

俺が錬金術師になれたのはこの人が本を出してくれていたおかげなのだから、感謝している。

いつか会う機会があったら、本にサインでもしてもらおうかな？

などと考えていると、ワルツさんが今度は俺に詰め寄ってくる。その動きの速さに、俺はまったく反応できず、気がついたら彼の顔が目の前にあった。

「ルカルド君!! ぜひ、ぜひ、このポーションを我が商会で……専属で売ってくれないか!? 頼む！ お願いだ！ いや、お願いします!! どうか、どうか、どうかこの通りだ！」

ワルツさんは、土下座する勢いで俺に頼み込んでくる。

あまりに必死な形相で一瞬びっくりしたが、最初から答えは決まっている。

「わ、ワルツさん！ ちょっと落ち着いてくださいよっ！ 最初からワルツさん以外に売るつもりなんてないですから！ そんなに頭を下げなくても大丈夫ですって！」

その言葉で、涙をにじませるほどだったワルツさんの顔がパッと輝く。

「え、えぇ!? そ、それは本当かい、ルカルド君？」

「もちろんですよ！ だって、ワルツさんは父さんの友達なんでしょ？ だったら僕は断りませんよ。父さんが信頼してる人ってだけで、僕が疑う理由なんてありません。だから、こちらからもよろしくお願いします！」

「は、ははっ。ありがとう、ルカルド君。そうか、私は良い友を持ったな……」

しみじみするワルツさんを遮《さえぎ》って、父さんが全力でハグしてきた。

「うぉー!! ルカ！ なんて素晴らしいことを言うんだ、お前は！ まったく、立派な子供に成長したもんだな！」

　いや、まだ二歳だから、絶賛成長中なんだけど。そんな成人した子供に言うようなセリフは十年以上早いと思うよ、父さん。

「では、早速だが、契約の内容を決めようじゃないか！」

「こら、ワルツ！　今は息子とのスキンシップの時間だぞ！　空気を読んでもうちょっと待ってくれてもいいだろう！」

　ワルツさんは待ちきれないとばかりに契約を切り出してきたが、父さんの完全な逆ギレに遭《あ》って、引っ込まざるをえなかった。

　ワルツさんは〝仕方ない奴だな〟と苦笑し、父さんの要求を黙認した。興奮した時は別だけど、普段はできた人だね。

　それにしても、困ったのは父さんだ。今は一応商談の時間なんだよ？　決して息子とのスキンシップの時間ではないからね？

　なんて心中で窘めつつも、いつまでもこうやって頭を撫でられて、褒められていたいと思っている俺もいた。

　それから話はトントン拍子で進み、約一時間で契約の合意に至った。

　契約内容については、俺とワルツさんで簡単に話し合い、細かい部分では父さんの助言も受けながら、両者が納得いく形で契約を交わした。

・ポーション一本の価格は一万ベル。
・基本的に納品は週に一回で、毎週百二十五本、一ヵ月で合計五百本を納品する。
・ただし、ルカルドが希望すれば納品数を減らすことができる。
・他に錬金術でアイテムを作製した場合は、優先してワルツに売る。
・錬金術をするために必要な材料は、ワルツの商会が用意をする。
・それ以外にも、ワルツはルカルドが求めた品をできるだけ集めてくる。

大体こんな感じだ。

『ベル』というのはこの世界の貨幣《かへい》単位で、アテナ曰く日本円の一円＝一ベルと考えてしまって問題ない。つまり、一本一万円だよ？

一ヵ月で五百万、一年だと六千万って……やばくない？　かなりの高収入だ。さすが、ファンタジー世界って感じだよね。

金額面以外でも、俺の方がかなり優遇された契約内容に見えるが、ワルツさん的にはなんの問題もないらしい。むしろ、これでもまだ彼の方が得しているくらいなのだそうだ。

本来ならば、高位の錬金術師と専属契約を交わすには、もっと不利な条件になるのが普通なため、ワルツさんの方が負《お》い目を感じているみたいだ。

この契約内容なら、悠々自適にのんびり暮らしながらも金を稼げて、将来はもう絶対安泰《あんたい》間違いなしだ。

それに、契約にはワルツさんにここでは手に入りにくい食べ物とかも優先して集めて、売ってもらえるという条件もある。

これで父さんに美味しいものでも食べさせてあげれば、ワルツさんとの間を取り持ってくれたお礼になるだろう。

うん、とても満足のいく商談だったね。両者ウィンウィンの関係で、万々歳だ。

商談が終わり、しばらく軽い世間話に花を咲かせた後、ワルツさんが最後にどうしても俺の錬金術をしている姿を見たいと熱心に言ってきた。

仕方なく作業小屋に案内して実際に錬金術を使ってポーションを作ってみせたところ、ワルツさんは商談の時の倍以上の勢いで興奮して捲し立てた。

「いやあ、ルカルド君、君は噂通りどころか、噂以上に神童だな！　二歳の美形な少年が錬金術を駆使する姿は感動的ですらあったよ!!　君が望むというなら、私はなんでも集めてくることをここに誓《ちか》おう。だからぜひ私を使ってくれ」

なんだかワルツさんは一瞬で俺の信者と化してしまった。

父さんはその光景を見て、感心している様子だ。

「あのワルツを簡単に籠絡《ろうらく》するとは……私のルカの魅力はやはりとんでもないな！　はっはっは」

いや、ぽっちゃり系なお兄さんを籠絡するつもりなんて別になかったよ！

まあ、より一層美味しいものや、貴重な錬金術の材料を集めてきてくれそうだし、ありがたいんだけどね。

その後もしばらくは、ワルツさんが俺をべた褒めして放してくれなかったが、彼が独占する状況を良しとしない者達がいた。

「ルカー、いるかー!?」

「あら、ワルツさん、いらっしゃってたんですね。ルカ？　お父さん達は二人きりできっと大事な話があるでしょうから、こっちにいらっしゃい」

俺の不在で我慢の限界に達した二人の魔王――じゃなくて、女神のような母さんと姉さんが作業部屋に乱入してきたのだ。

「えっと、母さん……ワルツさんは僕に用事があるというか――」

そんな俺の主張も虚しく、二人は有無を言わさずワルツさんから俺を奪ってサンドイッチ状態にする。

ワルツさんと話し込んでいたことに対する嫉妬からか、二人が抱きしめる強さはいつもの三割増しくらいだ。

いつも思うが、俺じゃなかったら確実に骨が折れているよな。

今後もし弟か妹が生まれた場合は、二人がこんなことをしないように、俺が身を挺《てい》してかばってあげるしかあるまい。

別に役得とか思ってないからね？　実際、肉体強化とか耐性スキルがなかったら、俺はもうこの世にいないだろうし。

それから俺が解放されることはなかったが、さすがにワルツさんが帰ると言うと、二人とも自重して放してくれた。

うん、母さんも姉さんも偉い子だ。って、立場が逆かな？

「ルカルド君、これから末永くよろしく頼むよ？」

「えぇっと……はい。よろしくお願いします、ワルツさん！」

どうせならぽっちゃりなお兄さんではなくて美人のお姉さんとよろしくしたいと思ってしまうが、そんな内心を一切顔には出さず、笑顔で返事をした。

「じゃあ、私はもう行くよ。カイム、今日は本当にありがとう。お前のおかげで大商人になるという私の夢がかなり近づいたよ。この礼はいずれ必ずする」

「はっはっはっ。何を言うか。私とワルツの仲じゃないか。礼なんていらんよ。そんなことをするよりも、ルカのために色々と手を回してくれ。その方が私も嬉しいよ」

「ははっ、そうだな。ぜひそうさせてもらうよ。じゃあ、また今度な」

「ああ、またな」

そう言ってガッチリ握手する二人の男の姿を見て、俺は何故か心惹《こころひ》かれた。

お互いを認め合い、心から信頼している二人の友人同士の会話は、俺が前の人生では体験したことがないものだ。

俺にもいつか、信頼できる友達ができればいいな……

俺の心中を察したのかはわからないが、不意に姉さんと母さんが優しく手を握ってくれた。

ルカには私達がいるんだから、何も気に病《や》むことはないのよ（ないぞ）――そんな声が聞こえた気がした、昼下がりの出来事だった。

◆

あれから一ヵ月経ち、ポーションでの金稼ぎは順調に進んでいる。というか、順調すぎて怖いくらいだ。

数週間前から販売を開始した俺お手製のポーション（最高級）は、飛ぶように売れているらしい。

高位の錬金術師が作製したという話題性に加え、最高級の品質がブランド品のような扱いとなり、珍しいもの好きの貴族やプライドの高い高位冒険者達に大好評だという。

ワンランク下のポーション（特）の二倍の効果しかないのに三倍以上値段では売れ行きは厳しいんじゃないかと思っていたが、どうやら杞憂《きゆう》に終わったみたいだ。

そんな心配を打ち明けたら、父さんもワルツさんも〝ルカが作ったポーションが売れないわけないじゃないか！〟と、根拠のない自信で断言した。

しかしこうして実際に売れたんだから、もうそれでいいと納得するしかない。いつまでも考えていても仕方ないからね。

さて、そんな感じで俺のスローライフの足がかりである資金集めは順調にいっている。

ならば、次に何をするか？

答えは、簡単。

それは、食の追求だ！

パン以外の新しい主食を作りたいと決意してからというもの、錬金術やら家族サービスやらが立て込んで後回しになっていたが、ポーション作りが軌道に乗った今、ようやく時間をとれるようになった。

ならば、ここでやらなければいけないだろう。

これは、俺の中では神から与えられた使命に等しい確定事項なのだ。

ということで、当初より予定していた、麺類の作製に取り掛かるため、俺はアリーを連れて厨房に足を運んでいた。

料理人のバクは俺の覚悟が本物だと信じられないらしく、首を捻っている。

ポーション作りの次は料理と、子供っぽい気紛《きまぐ》れで手を出しただけだと思っているのかもしれない。

「ルカルド様、本当に料理を始めるんですかい？」

しかし、そんなバクの後ろから、料理人見習いのハスラが口を挟んだ。

「料理長！　ルカルド様ならきっと素晴らしい料理を作ってくれますよ！　だってルカルド様ですもん!!」

俺だから素晴らしい料理を作れるという謎のロジックで、ものすごくハードルを上げてきた。

どうしてそうなるのか、まったくもって理解しがたいが、今はそんなことを気にしていられない。

「バク、僕は本気だよ！　バクやハスラが作る料理はとても美味しいんだけど、自分でも料理を作ってみたいんだ！　将来料理ができる方が何かと便利でしょ？」

「まあ、そりゃそうでしょうけど……子爵家の坊ちゃんがご自分で料理する必要なんてないでしょうに」

バクはどうも納得できない様子だったが、俺の真剣な目を見て、ようやく折れてくれた。

「……はあー。わかりましたよ！　ただし、あんまり危ないことはしないでくださいよ。まあ、ルカルド様なら言わなくても大丈夫か」

バクの了承も得られて、ようやく料理を始める準備が整った。

本職の料理人を説得するのにかなりの苦戦（？）を強《し》いられたが、見事勝利を掴んだぞ。

レッツクッキング!!

「じゃあ、アリー、早速、例のブツを出してくれ！」

アリーが小袋から食材を出して俺に手渡してくれる。

まあ、例のブツっていうのは、ぶっちゃけると、ニンニクと唐辛子なんだけどね。

さあ、この二つを用意した時点で、もう何を作るかわかるよね？

俺は高らかに料理名を宣言する。

「今から、ペペロンチーノを作ります！」

「ペ、ペペペチーノ？」

「ペロロンチーノ？」

「ペペロンチーノってなんですか？」

バクとハスラは料理名をちゃん言えていないし、正しく発音できたアリーも首を傾げている始末。

やっぱりみんな、ペペロンチーノがわからないか。

まあ、そもそもパスタ料理自体存在しないんだから、知っているわけがない。

しかし、俺に言わせれば、それは実にもったいないことだ。

ペペロンチーノを知らないなんて、人生の半分くらい損している！　と言うと大袈裟だけど、パスタ料理を知らないのはかなり損していると思うんだ。

何故かって？　そんなん、美味しいからに決まっているだろう！

美味しい食べ物を口にしたことがない、存在すら知らないなんて、めちゃくちゃ損しているよ！

この食への飽くなき探究心……俺も段々と父さんや兄さんに思考が似てきたか？

まあ、この際それでもいいさ。美味しいものが食べたいという欲求こそが、リーデンス子爵家の男児の証《あかし》なのだよ。

って、御託はいいからチャチャッとパスタを作ろう。

パスタを作るのに必要なものは、小麦粉（強力粉）、卵、塩、それにオリーブオイルだ。

これらの食材は俺が用意したわけではないが、すでに父さんから家にある物の使用許可は得ている。

まずはバクにボウルを用意してもらい、その中に材料を入れてかき混ぜる。

ボソボソした粉をかき混ぜているうちに、段々とまとまってくるので、その後は、ひたすら手で捏《こ》ねるわけだが……ちびっ子の小さな手ではあまり効率が良くない。

身体強化を発動してみたものの、こういうところではどうしても大人には敵《かな》わないな。

この時、ふと、錬金術の『合成』を使ったら簡単にできるんじゃないだろうかと思いついたので、試しにやってみる。

錬金術発動。

発動した瞬間、いつもと同じく青白い光が迸《ほとばし》り、バク達が感嘆の声を漏らす。

光が収まると、ボウルの中には丸く纏まった艶《つや》のあるパスタ生地《きじ》が鎮座《ちんざ》していた。見事、完成である。

すごいな、ファンタジーの力、半端ないわ。

「おお！　まさか、料理に錬金術を使用するとは、さすがルカルド様ですな。しかし、なんですかい、この丸い塊《かたまり》は？　焼いてパンにでもするつもりですか？　それとも、これがペペロンなんとかってやつなんですかい？」

「うーん、これをそのまま食べても、そんなに美味しそうじゃないですね」

俺が作りだした生地をハスラとバクが不思議そうに見つめ疑問を口にする。二人にとっては初めて見る工程だから、完成形を想像できないのも当然だ。

一方で、アリーだけはいつものスタンスを崩さず、俺に対する絶対の信頼の言葉を口にする。

「ルカルド様なら、きっとここから素晴らしい料理を作りますよ!!　だから何も心配する必要ありません!!」

まだ生地がまとまっただけで、完成にはほど遠いというのに……

「これから小一時間生地を寝かせるから、一時間後にまた厨房に集合ね」

僕達の戦い（料理）はこれからだ！

一時間後、みんなが再び厨房に戻ってきたところで、いよいよ生地を切る作業に入る。

と、その前に……麺を茹《ゆ》でるお湯を沸かしておかないとね。

かまどに火を入れて、準備完了だ。では、いざ参る！

備え付けの調理台だと俺の身長では届かないので、大きな厚い板を低い位置に設置して作業台代わりにした。

打ち粉をしてから生地を自作の麺棒で薄く引き伸ばし、厚さを均等に整える。

あとは太さを揃えて包丁で切り進めるだけだ。

この日に備えて俺は調理スキルを取得していて、レシピを研究しているうちに位も レベルも何故か上昇しまくっている。

そのせいか、料理は初めてなのに、すでに見習い料理人程度の腕がある。

パスタマシーンと同等とまではいかないが、包丁を走らせると、麺が細く均等に切れていく。

その包丁捌きに自分でもびっくりしているが、それ以上に他の三人が驚いている。

「おぉ、ルカルド様は見事な技術をお持ちだな……本当に二歳児とは思えない」

「凄いっすね！　この歳でこれじゃあ、俺なんかよりよっぽど料理の才能がありそうだ。いや、間違いなくありますね！」

「ルカルド様には料理の才能まであるなんて……。もう才能がないジャンルなんてないんじゃないかしら」

うん、それは俺も薄々感じている。

願望と成長促進があれば、今持ち合わせていない才能でも、会得して極めることができる。だから、アリーの発言は大袈裟ではない。

もっとも、それはあくまで後天的に授かった能力であって、元々持ち合わせた才能ではないんだけどね。

それでも、俺は自分の力を否定しない。

後天的に得たものでも、才能は才能だ。それを活かすも殺すも俺次第。

だから俺は、なるべくこの力を有効に扱おうと思う。そのためにも、研鑽を怠《おこた》らないようにしている。一度やると決めたら極めるまでやる――これが大切なんだ。

そんなことを考えているうちに、麺を切り終えた。

全く違うことを考えていて、集中できていなかったにもかかわらず、麺は均等な太さに切りそろえられていた。スキルってやっぱりすごいね。

麺を沸騰《ふっとう》したお湯の中に入れたら、同時進行でニンニクを刻み、唐辛子と一緒にオリーブオイルで焦げないように炒《いた》める。

様子を見ながら麺を茹でること数分、柔らか過ぎず、硬すぎない、ちょうど良い具合になった。

茹で上がった麺をすぐにフライパンに移し替え、適量の茹で汁を加え、オリーブオイルと麺を素早く絡《から》めていく。

最後に塩で味を調《ととの》えて……よし！　完成だ！

「はい！　できたよ！」

「「「おぉ！　お疲れ様です!!」」」

三人は、初めて見る麺料理に目を釘付けにしながらも、俺への労《ねぎら》いの言葉は欠かさなかった。さすが我が家の使用人達だ。

「じゃあ、早速食べようか。みんなもどうぞ」

「「「え？　食べちゃっていいんですか？」」」

俺が料理を勧めると、三人ともきょとんとして固まってしまった。

「え？　何を今更。逆に食べたらいけない理由なんてなくない？」

料理を作ったら食べる。それが当たり前でしょ？　何を言ってるんだこの人達は――と思っていると、アリーから予想外の言葉が飛んでくる。

「いや、ルカルド様のことですから、てっきり、奥様やリーナお嬢様のために作っているものだと思っていましたので……」

ああ。なるほど。それでか。

確かに、俺が初めて作った料理を最初に食べられなかったと知ったら、きっとあの二人はいじけるだろう。でも、元々この料理はポーションの材料を集めてくれた父さんへのお礼と、自分の食生活の充実のために作ったようなものだからなー。

だいたい、ここまで料理に付き合ってくれた三人に何もなしというのも忍びない。

でも、母さん達の楽しみも奪いたくないし……。何か良い方法はないかな……

あっ、そうだ！

「いや、違うんだよ。これはまだ試作品なんだ。みんなに出すのは、もっと改良を重ねた完成品だよ。だから、これは、初めて食べるとかじゃなく……そう、言わば試食さ！　だから、ノーカウントだ」

結局、食べることには変わらないけどね？

「ル、ルカルド様がそう言うなら、し、仕方ないですね？」

「は、はい！　その通りです！　試食は必要っすよ」

アリーとハスラは躊躇《ためら》いながらも、ペペロンチーノの匂いに釣られて、だいぶぐらついているみたいだ。

「うんうん、じゃあ、食べてみようか。みんなの意見を聞きたいから、それぞれ食べたあとに改良点を言ってね。じゃあ、食べようか」

「「「は、はい！」」」

俺がダメ押しで実食を促すと、三人とも上手く流されてくれた。

まあ、嘘をついているわけではないから何も問題ない。それよりも、せっかく作った料理が冷めちゃう前に、本当に食べないとだね。

では、早速。

ぱくっ……

う……

「うまい!!」

なんだこれ！　日本で食べてたレトルトのペペロンチーノなんかとは比べ物にならないほど美味

いぞ！

麺に絡まったオリーブオイルに、ニンニクのパンチのきいた旨みと唐辛子のほどよいピリ辛感が相まって、最高のハーモニーを奏《かな》でている。

麺の硬さもちょうど良く、生麺だからモチモチしていてコシがある。本格的な仕上がりだ。

「「「お、美味しいです！」」」

三人にも大好評のようで、三人前作ったペペロンチーノは、ものの数分で姿を消した。

ペペロンチーノ、ぱないな……

◆

初料理から三日後の昼、ようやく完璧と呼べるペペロンチーノが完成した。

ぶっちゃけ、最初の時点でかなり美味しかったけど、まだまだ改良できそうなところがあったので、どうせなら完璧なパスタを作ろうと色々試行錯誤《しこうさくご》してみた。

特に、日本にあった市販の麺と違って茹で時間が指定されていないので、麺の太さとそれに合わせた茹で時間の調整は重要だ。

それに、具材がシンプルだからこそ、それぞれのバランスや味の濃さなどにはこだわりたい。

様々な改良点を見つけては理想形に近づける努力をした結果、三日で完璧と呼べるペペロンチーノが完成した。

この日数が長かったかどうかはわからないが、とにかく美味いものができた。それだけでいいんだ。

だって、今やっているのは、自分で楽しむ料理なのだから。なんてね？

さて、理想のペペロンチーノが作れたので、早速みんなに振る舞おうと思っている。

パスタ作りに関わった他の三人も、みんなに食べてもらうことが楽しみなのか、俺以上にソワソワしている。

まあ、勿体ぶるのもなんだし、いっそ、今日の夕飯にしてしまうのはどうだろうか。

料理人のバクに相談したら、一も二もなく賛同してくれたので、今日の夕飯はペペロンチーノを出すことになった。

みんなの反応がとても楽しみだ。


さて、夕飯までまだかなり時間があるので、何をして時間を潰そうかと考えたところ、結局いつも通りポーション作りをすることにした。

ポーションしか作っていないというのに、すでに錬金術の位は精霊級で、レベル5になっている。

最初ほどの劇的な伸びではないものの、もはや歴史上で最高の覇王級を超えている辺り、俺ってとんでもない存在だな。自分でも呆れた。

まあ、中途半端に上げるのもなんなので、神級のレベルMAXを目標に掲《かか》げて、日々、ポーション作りをしている。

そんなことを考えながら作業をしていると、ポーション作りが終わってしまった。

スキルレベルも少しだけ上昇している。この分だと、来月か再来月には確実に目標に到達してしまうな。

そろそろ別の材料を集めてもらって、他のアイテム作りもしてみようか。今度ワルツさんが来た時に相談しよう。

ポーション作りが終わったあとは、夕飯まで本格的に暇になってしまったので、自室に戻って読書をすることにしたのだが……

「ルカ！　やっと帰ってきたか！」

何故か、俺の部屋のベッドの上に、我が物顔で座っている人物がいた。

「ね、姉さん。なんで僕の部屋にいるの？」

「何を言ってるんだ！　私はルカのお姉ちゃんだぞ？　ルカの部屋にいて当然だ！」

などと意味のわからないことを言っているが、これもいつものことだから軽くスルーして、俺は部屋にあるベッドによじ登って腰を下ろした。

すると、すぐに姉さんが隣に移動してきて、俺をひょいっと持ち上げて自分の膝の上に載せる。

「うんうん、やっぱりルカの抱き心地は最高だなー！」

姉さんと二人の時、俺の定位置は姉さんの膝の上なのだ。

案外俺もこの場所がお気に入りだったりする。まあ、姉さんには言ったことないけどね。

「姉さん――」

俺がそう呼びかけた瞬間、姉さんが苛立《いらだ》ちのにじむ口調で遮った。

「ルカ！　二人の時はなんて呼ぶんだっけ？　さっきは見逃したけど、二度目はないぞ？」

「……リーナお姉ちゃん……」

二人きりの時はこうやって呼ばないといけないという謎ルールがある。最近は二人きりになる機会があまりなかったので、すっかり忘れていた。

「よしよし、なんだ、私のルカ？」

姉さんはすっかり満足したようだが、今のやりとりで何を言おうとしていたのかすっかり忘れてしまった。こうなっては何も聞くことがない。

「やっぱりなんでもないよ！」

俺は適当に誤魔化して、姉さんに寄りかかる。姉さんはもう気にしていないらしく、なんの追及もなく俺を愛ではじめた。

このとおり、姉さんはかなりチョロい。いつもこんな調子だから、大人になった時に悪い男に騙《だま》されないか心配になってしまう。

まあ、そんな糞野郎《くそやろう》が現れたら、俺が直接天誅《てんちゅう》を下すけどね？

なんだか俺も、だんだん姉さんに影響されてシスコン気味になっているのかもしれない。まあ、姉さんのことは大好きだし、間違っているとは言い切れないよね。

そんなのんびりとした時間を二人ですごしていると、いつの間にか日が暮れて夕飯の時間が近づいていた。

今日の夕飯は俺が作る予定なので、こうしている場合じゃない。

「姉さん！　ごめん！　ちょっと急用が……って、寝てるな」

夕飯の準備のために先に下に行くと伝えようとしたが、姉さんは俺を抱いたまますやすやと眠っていた。

起こすのも悪いし、どうせだからそのまま寝かせておこう。

俺はそう思って、姉さんを起こさないよう気をつけて抜けだし、ベッドに仰向《あおむ》けで寝かせた。

時折〝ルカー〟と、寝言を言っているが……いったい姉さんはどんな夢を見ているんだろうか？

……おっといけない。今は夢の内容よりも夕飯の準備をしないとな。

「姉さーん、僕は先に行ってるからねー。おやすみ、また後でねー」

俺は耳元でそう囁《ささや》いて、自室をあとにした。

厨房に着くと、すでに他の三人は準備万端で、俺が来るのを今か今かと心待ちにしていたみたいだ。

「みんな、待たせてごめんね」

「いえ、そんな。奥様かお嬢様のお相手をしてらしたんですよね？　私達はしっかりと把握していますから、大丈夫です！」

俺が頭を下げると、アリーが慌ててそれを遮った。

「ルカルド様は普段から色々と忙しそうにしていますからね。仕方ありません」

「そうですよ！」

バクとハスラも気にしていないと首を横に振る。

「ははっ、ありがとう。じゃあ、夕飯の準備を始めよっか！」

「「はい！」」

三人とも待ってましたと言わんばかりの活きのいい返事だ。

ふふっ、頼もしいね。

早速、調理を開始した俺は、三人に指示を出しつつ、自分の役割もこなしていく。

基本的には、俺の手料理をみんなに振る舞うのが目的なので、調理は自分で行ない、三人には材料や食器の準備などを担当してもらった。

そうして、みんなに振る舞うペペロンチーノが完成した。

一口味見してみる。

「……うん、美味い！」

先程完成した完璧なペペロンチーノと寸分違《たが》わぬ、極上の美味しさだ。

早くみんなに味わってもらいたいな。

「ルカルド様、そろそろ旦那様達がダイニングルームに揃う時間です」

ちょうど良いタイミングで、アリーが食事の時間を知らせた。

よし、ついにこの時が来たか。

「じゃあ、早速お披露目といこうか！」

「「はい！」」

俺はみんなが驚く様を想像して笑みをこぼし、一足先に厨房を後にする。

ダイニングルームにはすでに俺以外の家族全員が勢揃いしていた。

「お、ルカ。やっと来たか」

「遅かったわね。何かしていたの？」

「いや、ちょっと夢中になっていてね……」

母さんに理由を聞かれたけど、せっかくならサプライズにしたいので、俺は適当にはぐらかしてこの場を切り抜けた。

「ルカ！　いつの間に部屋から出ていたんだ？　どこかに行くなら私も誘わないと駄目じゃないか！」

「そんなこといいから、ルカも来たんだし、早くご飯食べようよー。あー、お腹空いたー」

姉さんは頬を膨らませてぶーたれているが、兄さんが上手いこと流れを変えてくれた。

「そうだな。私もお腹が空いている。早速食事にしよう！」

父さんの一言を合図に使用人達が一斉に動き出し、食事の配膳《はいぜん》を開始する。

運ばれてきた食事は、もちろんペペロンチーノだ。

「ん？　なんだこれは？　初めて見る料理だな？」

「あら、本当……細くて不思議な形ね。でも、すごく香ばしくて美味しそうな香りがするわ」

いつもとまるで違う料理が運ばれてきて、父さんと母さんが顔を見合わせる。

兄さんと姉さんも、目を輝かせている。

「ん？　なんだこれは？　僕も初めて見る料理だ。これ、美味しいの？」

「何これ！　美味しそうだな！」

ペペロンチーノを初めて見たみんなのリアクションは、おおむね予想通り。四人とも大体同じような反応を見せた。

「バク、これはなんという料理なんだ？」

「そうだよ、バク！　早く教えてよ！」

食に対する探究心が強い父さんと兄さんは、どうしても気になるらしく、バクに説明を求めた。

「ふふっ、旦那様、アルト様。これがなんという名前で、どんな料理なのか……せっかくですから、作った本人に聞いてみてはいかがでしょうか？」

バクはしたり顔でそう言うと、俺の方をチラッと見て意味深な笑みを浮かべる。

「なに？　これはバクが考えて作ったんじゃないのか⁉」

「じゃあ、ハスラが作ったの？」

うちの料理人はバクとハスラの二人だけなので、バクが違うとなれば、自然とハスラしか選択肢がなくなる。みんながハスラに注目したが、ハスラもあっさりと自分ではないと否定した。

「え？　いやいや、私にこのような凄い料理を作れるわけがありません。断じて違いますよ！」

では、一体誰が作ったんだ……？

そんなみんなの心の声が聞こえた気がしたその時を見計らい、俺は満を持して声を上げる。

「ふふっ！　正解は僕だよー！」

「「「え……？」」」

みんなはキョトンとした顔でこちらを見た。

そして、ペペロンチーノと俺の顔を交互に見やり、数秒して、ようやく俺の言った言葉を理解したのか、みんな一斉に同じようなリアクションをとった。

「「「えぇぇえぇえぇぇぇえ!?」」」

ふふっ、サプライズ成功だ。

作ったのが俺ってバレたことだし、早速料理の説明をしよう。

「これは、ペペロンチーノっていう料理——小麦粉や卵なんかを混ぜ合わせて作った、〝麺〟の料理だよ。他の国にあるのかは知らないけど、この辺では食べる習慣がないよね。味付けは、ニンニクと唐辛子で……って、口で説明するよりも食べてもらった方が早いか。冷める前にみんな食べよっ！」

いまだに俺が作ったという事実を受け入れられていないのか、みんな唖然《あぜん》としていてこちらの声が全く聞こえていないみたいだ。

そのまま数秒経っても、誰一人としてフリーズ状態から回復せず、食事を始めようとしない。このままだと料理が冷めてしまうので、俺は奥の手を使うことにした。

「みんな、早く食べないと冷めて美味しくなくなっちゃうよ……。それとも、子供の僕が作った料理なんて食べたくなかった……かな？」

俺が俯《うつむ》いて悲しげな表情と雰囲気を作ると、みんなの態度が急変した。

「そそそ、そんなわけないじゃないか！　食べる！　食べるぞ！　なあ、エレナ」

「そうよ。ルカの初めての手作り料理だもの！　食べたくないわけないじゃない！　早速いただくわ！」

「ルカ！　お姉ちゃんのために料理を作ってくれたんだよな？　そうだよな！　よし、いっぱい食べるぞー！」

「いやー、ルカが料理ね。ちょっとびっくりしたけど、ルカならきっと美味しい料理を作りそうだなあ。早速食べさせてもらうよ」

俺の演技にひっかかったみんなが、一斉にペペロンチーノを口に運んだ。

さあ、どうだろう。みんな喜んでくれるかな？

自分の初料理を家族に披露するにあたって、この三日間、素人《しろうと》なりに少しでも美味しくなるように頑張った。

これで、口に合わないなんて言われたら、軽く一ヵ月は寝込む自信がある。

でも、きっと大丈夫だよね？　美味しい……よね？

少しばかり不安に思っていると、ペペロンチーノを一口食べたみんなが一斉に真剣な表情で見つめてきた。

いつになく張り詰めた雰囲気に少し気圧《けお》されそうになったが、俺は全てを受け入れるため、みんなの視線を正面から受け止める。そして――

「「「「お……」」」」

お……？

「「「「美味しい！」」」」

四人全員が笑顔で美味しいと言ってくれた。

「このペペロンチーノ？　というやつは凄いな！　ニンニクと唐辛子が入っているのはすぐにわかったが、その二つが組み合わさるとこのような味になるとは！　ニンニクの旨みと唐辛子の辛みが上手く混ざり合うことによって独特の味を生み出している。本当に美味しいぞ！」

「そうね、唐辛子のピリッとした辛さとニンニクの少しパンチの利いた独特の風味がこの麺？　というものによく絡まって、とても独創的な味ね！　料理も上手いなんて、ルカは本当にすごいわー！」

「なんだこれ！　今まで食べたことない味だな！　ルカ！　凄く美味しいぞ！」

みんな口々に絶賛してくれるのだが、中でも兄さんは普段と違う一面を覗かせて詳細な批評を繰

り広げた。

「さすが僕の弟だ！　これほどの料理を作るとは想像もしていなかった！　このペペロンチーノ、味も独特だけど、麺というもののモチモチとした食感がまさに初体験だ！　小麦粉からここまで独創的で美味しい料理を作るとは、本当に素晴らしい！　こんな才能を持つルカが弟で、僕はとても誇らしいよ！　そして、神にも感謝しなければいけないね。神様、我が弟にこのような素晴らしい才能を授けてくださり、心より感謝を申し上げます……」

いつもなら〝ルカだから仕方ない〟みたいな言い回しでどこか距離を置くことが多い兄さんが、今回は〝さすが我が弟！〟と、手放しで褒めた。

それに、大抵は一言くらいしかコメントしないのに、今回は父さん以上に物凄い食レポを淀《よど》みなく語ったし。

うん、兄さんの食に対する熱意は、他とはレベルが違うのがよくわかったよ。

今回は父さんへの日頃の感謝が主目的だったけど、結果的に兄さんが一番喜んでいるみたいだ。

でも、それならそれで全く問題ない。俺は兄さんのことも大好きだからね。

「ははっ、みんな美味しそうに食べてくれてよかったよ！　僕もお腹空いてきたし、一緒に食べようかな！」

そう言って、俺も自分の分のペペロンチーノを一口食べる。

「うん、美味しい！」

自分で作った料理ということもあり、格別な美味しさだった。

その後、みんなもどんどん食べ進めていき、全員がペペロンチーノを食べ終わるのに、十分も掛からなかった。

「いやー、ルカ。とても美味しかったよ！　これだけ美味しい料理が作れるなら、またルカに作ってもらいたいな！」

「そうね。またルカの手料理を食べたいわねー」

「うん！　父さんと母さんにそう言ってもらえると嬉しいよ。また今度、何かアイデアが浮かんだら、バクに相談して作ってあげるね！」

「ふふっ、ルカったら！　可愛いんだから!!　これからもよろしく頼むわね」

母さんは隣に座る俺の頭をいつもみたいに優しく撫でた。柔らかい手のひらの感触がとても気持ちいい。

「ルカ、私にも今度何か作ってくれるよな？　楽しみにしてるからな！」

姉さんも今回の手料理に満足したようで、早速次回の予約をしてきた。

「うん、頼まれなくても作るつもりだったから、心配しなくて大丈夫だよ！」

「まったく！　ルカは本当に私のことが好きだな！　仕方ない弟だ！」

料理の話からどうしてそんな言葉が出てきたのかは謎だが、姉さんのことが好きという事実は変わらないので、特に否定しないでおく。

そして、兄さんはいまだに変なテンションのままだ。

「我が弟よ！　これからも、何かアイデアが浮かんだら、進んで料理をしなさい。この僕が直々に、味見をしてあげよう！　これは必然であり、決定事項だ。食の神もそれが最善だとおっしゃっている。わかったな？」

「う、うん。わかったよ、兄さん……」

兄さんの勢いに少し圧倒されたものの、味見役を買って出てくれるのはありがたいので了承した。

しかし、突如、母さんと姉さんが異議を唱える。

「あらー、アルト？　それはずるいんじゃないのー？　私だって、ルカの作る料理の味見をしたいのよー？」

「そうだぞ！　兄さんだけ味見なんてずるいずるい！」

父さんも何か言いかけたようだが……二人の圧に負けて、黙り込んでしまった。父さん、哀れなり。

しかし、いつもは母さんや姉さんに強気な態度はとらない兄さんが、今日は珍しく反論を口にした。

「か、母さんやリーナがなんと言おうと、これだけは譲《ゆず》れないよ！　食は……食は、僕にとってのアイデンティティーなんだから!!」

……兄さん、なんだか名言っぽく言ってるけど、それってただ美味しいものに目がないだけだよね。アイデンティティーとはちょっと違う気がする。

それに、兄さんには他にもたくさんアイデンティティーとなるべきものが……ある……よな？

あれ、おかしいな……全然思い浮かばない……

「こらこら、そんなことで揉《も》めるな、三人とも。ルカが困っているぞ？」

兄さんのアイデンティティーを探している俺の表情を、別の意味に解釈した父さんが、三人を止めに入った。

結果的に父さんが少し強く注意したおかげで、みんなが落ち着いた。

「うっ、ルカごめんなさいね？　少しはしたなかったわ……」

「うぅー。ごめん、ルカ」

「はあー。まったく、困った家族だ。では、味見役はローテーション制にしたらどうだ？　私と、エレナ、アルト、リーナで順番に回していけば均等になるだろう？　それでいいよな、三人とも？」

「「「はぁーい」」」

父さんが代案を出したことで、話が纏まった。

それにしても、ちゃっかり父さんまでローテーションに加わっているのに、みんなは気づいてないのかな？

上手いこと味見役に加われてほっとしている父さんが、どこか可愛く見えたのは内緒だ。

第五章　神様の〝贈り神〟

初の料理披露から数ヵ月が経過し、俺はついに三歳になった。

まぁ、三歳になっても、特に何も変わらない日々を過ごしているんだけどね。

朝は訓練、昼は錬金術、その他の時間は家族と一緒に過ごす。このループだ。たまに料理をして家族に食べさせることもあるが、月に数回程度で、毎日というわけではない。

ペペロンチーノの後も、ミートソースパスタやカルボナーラ、ハンバーグにオムライスといった様々な料理を披露していき、その度に絶賛してもらった。

味を批評する時に兄さんの口調が変わるのも、もはや料理披露時の恒例行事になっている。まったく、仕方ない兄さんだ。

話は変わるが、恒例行事といえば、この世界では三歳になったら絶対に行なわなければならない儀式が存在する。

『神の祝福』といって、名前の通り、神から祝福を受けるための儀式だ。

言い伝えでは、その祝福を与えてくれる神様は、この世界の創造神アステルだという。俺の読みでは、俺をこの世界に転生させてくれた〝お爺さん〟こそが、その創造神アステルだと思う。

儀式の内容はありきたりで、神殿に赴《おもむ》いて、神に祈りを捧《ささ》げることにより祝福を受けられるというものだ。

まあ、神の祝福といっても、力を与えられるのではなく、自分のスキルや力――この世界で言うステータス――を数値化した、自分専用のカードを貰えるというものなんだけどね。

そんな儀式を受けることで、晴れてこの世界に生きる人として神から認められるというわけだ。

前世だと自分の周りには神を信じている人の方が少ない印象だったが、どうやらこの世界では逆に、神を信じていない人なんていないというレベルらしい。

かくいう俺も、神の存在を信じている。

いや、この言い方は正しくない。

正確に言うと、俺は神がいることを知っている。

一度直接会って会話してるんだから、信じない方がおかしい。

それにしても、あのお爺さん、元気かな？　いつも鍛錬の際に感謝の念を送っているんだけど、俺の想いは届いているだろうか？

……届いていればいいな。

神殿で祈りを捧げた転生者が神界へと連れていかれて神と久々に邂逅《かいこう》するという展開はよくある

けど、俺の場合はどうなんだろうか？

そう簡単に会えてしまう神というのも〝なんだかなあ〟と思う反面、今俺が抱いている感謝を直接伝えたい気持ちもある。

思い返すと、あのお爺さんとの初対面では、本当に失礼なことばかりしていたからな。怒ってないといいけど……

まあ、日頃の感謝で前回の失礼は帳消しにしてくれているとありがたいね。

頼みますよ？　神様？

『そう思うなら、まず〝お爺さん〟と呼ぶのをやめい！　儂は神じゃぞ！』

そんなツッコミが聞こえた気がした、穏やかな昼下がりだった。

◆

あっという間に時は過ぎ、ついに神の祝福を受ける日が来た。

神の祝福は、神殿で執《と》り行なわれる。

幸いにも、我が子爵家領地であるリーデの街の南部に神殿があるので、俺は遠出なんてせずに済む。

これが神殿のない田舎《いなか》村になると、数日かけて、神殿のある街まで出向かなければいけないから大変だ。

つくづく貴族に生まれてよかったと思う。

もし田舎の平民に生まれていたら、ここまで悠々自適な暮らしはできていなかっただろうしね。

そこら辺も今日は神様にお礼を言わないとな。

今回俺と一緒にリーデの街に行くのは、父さんとセルとアリーの三人だけだ。

最初は、母さんや姉さん——ていうか、一家全員が俺の儀式を見に行くと言って聞かなかった。

だけど、兄さんと姉さんの時は、そんなことはしなかったので、二人に不公平という話になり、結局他の者達はお留守番だ。

当の兄さんと姉さんが一番俺の儀式を見に行きたいと言って駄々《だだ》をこねていたが、あれは何故なんだろうか？

やっぱり俺のこと大好きすぎるからなのかな？

「では、行ってくる」

「みんなー！　行ってきまーす！」

父さんの後に続いて、俺もみんなに声をかけた。

「うー、お母さんがいなくて寂しいだろうけど、頑張ってくるのよー！」

「ルカ！　ルカなら大丈夫だ！　安心して行ってこい！」

「ルカ、無事に帰ってきなよ。ルカの素晴らしい料理が食べられなくなったら僕は悲しいからね。頼むよ？」

「「「行ってらっしゃいませ！　ルカルド様！」」」

みんな目に涙を浮かべているけど、せいぜい二、三時間くらいしか掛からないよ？　なんでこれから数年は帰ってこないみたいな雰囲気になってるの？

そんな疑問を浮かべながらも、俺は無理やり笑顔をキープして、みんなに手を振り続けた。


馬車で数十分移動すると、神殿の前に到着した。

うん、やっぱりすぐだったね。

「ルカ、ここが神殿だ。私の後についてきなさい」

父さんは馬車から降りて、セルとアリー、そして俺を引き連れて神殿へと歩を進めていく。

中に入ると、かなり若そう――というか、どう見てもまだ子供なシスターが出迎えてくれた。

「お待ちしておりました。リーデンス子爵家の皆様。本日のご用件は、ご子息の神の祝福でお間違いありませんか？」

「ああ、その通りだよ、シスター。早速、案内してくれるか？」

「かしこまりました。こちらへどうぞ」

誰も目の前の子供シスターについて疑問に思っていないらしく、さも当然といった感じで話が進んでいく。

まあ、うちの家族は頻繁《ひんぱん》に街に出ているから、彼女と顔見知りなのかもしれないけど。

それにしても、言葉遣いや仕草もずいぶんしっかりしているし、本当にこの子は何歳なんだろうか？　見た目で言うと完全に幼女……

——はっ!?　もしかして、エルフとかドワーフ的な、長命なファンタジー種族なのか？

そう思い、目の前の幼女シスターを注意深く観察すると、あることに気づいた。

み、耳が長い……だと!?

ならば、もう答えにたどりついたと言っていいだろう。

彼女はエルフ族だ。間違いないね。

耳が長くて容姿端麗《たんれい》。見た目よりも長い時を生きているのは、その立ち居振る舞いからも簡単に想像できる。

エルフかー。純粋な人族以外の種族は初めて見た。

うちは使用人含めても全員が純粋な人族だから、亜人族を目にする機会はない。

存在するというのは書庫の本を読んで知っていたけど、いざ目の前で見ると、想像以上に感動するものだ。

本当にいるんだな、ロリババアって。

などと考えた瞬間、シスターが鋭《するど》い目でこちらを見た。

「あら？　ご子息様？　今何か言いましたか？」

「ひいっ!!　な、何も言ってませんです！」

「あらそうですか？　ならいいんですがね……？」

あっぶねえー！　こええよ！　なんでわかるんだよ？　やっぱり年の功ってやつか？　だとしたらやっぱこの人はロリババ……いや、やめておこう。これ以上は危険な気がする。

エルフを見られただけでいいじゃないか。それで満足しておこう。

「ルカルド様？　さっきから少し変ですが、体調が優れないんですか？」

「いや、大丈夫だよ！　気にしないで、アリー」

俺の様子がいつもと違うと気づいたアリーが心配してくれたが、〝エルフを見て興奮気味になってた〟なんて言えるわけがない。

そうこうしているうちに、祭壇《さいだん》らしきものが見えてきた。

「着きました。では早速始めましょう。ルカルド様、前へどうぞ」

「は、はい……」

俺は、シスターに促されるまま、セルとアリー、そして父さんの前に出て、祭壇へと足を進めた。

祭壇の前には、男性の年老いた司祭がいて、奥に一体の大きな若い男性の石像が置かれていた。

おそらくあの像は、創造神アステルをかたどった物だと思うが……俺が見た本物とは似ていないな。

どこが似てないとかそういう問題ではなく、全てが違う。

そもそも、あの像のように歳若い男性じゃない。それに、本物は地面につきそうなほど長い髭を生《は》やしていたが、像にはそれもない。

まあ、普通に考えて、神様の本来の姿を知っている人なんてまずいないのだから、仕方ないけどね。

「よくいらっしゃいましたな、ルカルド・リーデンス殿。準備はよろしいでしょうかな？」

石像に見入っていると、司祭が声をかけてきた。

「はい、いつでも大丈夫です」

「なるほど、噂通り、利発そうな子ですな」

普通の対応をしただけなのに、何故か司祭に感心された。

この人も噂とかなんとか言っているし……本当に、どんな噂が流れてるんだ？

「これより、ルカルド・リーデンス殿の神の祝福の儀を執《と》り行なう。ルカルド・リーデンス殿、前に出て、創造神アステル様に祈りを捧げてください」

俺は無言で頷き、前に出て片膝をつくと、目を瞑《つぶ》り両手を組んで神に祈りを捧げる。

「世界を作りし創造神アステル様。どうかこの者に、神の祝福をお与えくださいませ……」

司祭がそう言った瞬間、俺の視界がブラックアウトした。

◆

「うわっ！」

次の瞬間、なんとなく見覚えのある場所にいた。

「ここは……どこだ？」

思わず声に出して呟いてしまった。

俺が今いる場所は、何もない真っ白い空間だ。

何もない真っ白な空間……はっ⁉

「ここは、神界……なのか？」

それは、三年前まで俺が過ごしていた懐かしき場所。かつて、俺が神だった時に、永遠とも思えるほど長い時間を……

「いや、何いきなりデタラメな独白をしてるんじゃ！　お主が神だったことなんてないじゃろうがい！」

……幻聴が聞こえた気がした。が、俺はそんなものを気にすることなく……

「いや、気にせい!!　なんで流すんじゃ!!　というか、お主、あっちの世界では相当儂に感謝しておったのに、なんでいざ目の前に現れたら最初に会った時の感じに戻るんじゃ!?」

先程から近所のお爺ちゃんがやかましい。

近所迷惑で訴えられるくらいのやかましさだ。それに、身に覚えのないことで文句を言われても困る。はあー、参ったな。ここら辺に交番は……

「もういいわ!!　さすがに怒ったぞい!!　お主がそういう態度なら構ってやらんぞ！　ふんっ!!」

どうやら、やりすぎて拗《す》ねてしまったらしい。

年老いた爺さんのしょげた顔を見ているとさすがに良心が痛んだ。仕方ないから、これくらいにしておいてやろう。もう悪さすんなよ？

「なんでそこで上から目線になるんじゃい!!　って、はっ!?　ついツッコんでしまった……」

「ぷっ……はは!!　あははははっ！」

神様が見事なまでに俺の悪ノリに振り回されてくれるので、思わず噴き出してしまった。

「な、なに笑っておるんじゃ！　お主のせいじゃぞ!!」

「あははは。いやー、ごめんなさい、神様。からかうと面白いから、我慢できなかったんです」

「我慢できなかったじゃないわい！　ったく、下界にいる時はあんなに可愛い子供だったのに、ここに来たらまたふてぶてしくなりおって」

そう言いながらも本気で怒っている感じではない。ほんと、神様はツンデレだ。

「誰がツンデレじゃい！」

ああ、そういえば、ここでは神様には頭の中が筒抜けだったんだっけか。

いや、そんなことより今は……

「そんなことって……」

「神様、お久しぶりです」

俺は最初にここに来た時とは百八十度変わった真剣な顔で切り出した。

「久しぶりじゃな。というより、なんじゃいきなり畏《かしこ》まりおって」

「……俺は、ずっと神様に直接お礼を言いたかったんです。神様、俺をあの世界に転生させてくれて、本当にありがとうございます。俺は新しい世界、新しい家族、そして、愛情と幸せを知って、本当に生き返れて良かったと感じました。それもこれも、全て神様がチャンスをくれたおかげです。神様がいなければ、俺は不幸なままで、生きるということがいかに幸せかを知らないままでした。本当に、本当にありがとうございました！」

俺は三年間ルカルドとして生きて感じた感謝の気持ちを言葉に込めて、神様に告げた。

三年前のあの時、もしも神様が俺にチャンスをくれなければ、今の俺はいなかった。そして、家族のみんなとも出会えていない。

もしも、あの時神様の提案を蹴っていたら、みんなとの出会いがなかったら……なんて、想像したくもないし、想像するだけ無駄だ。

今を精一杯生きることこそ、今の俺に最も必要なことだから。

「ふっ、三年ちょっとで大きく成長したな、ルカルドよ」

神様は俺を見て満足そうに微笑んだ。

「それも全て、あなたのおかげですよ」

その後も、神様との会話は続いた。

三年間で経験した沢山の出来事を、包み隠さず話した。

神様、こんな話ができるのも、あなたのおかげです。

◆

ここに来てからどれくらいの時間が経ったのだろうか。

とても長い時間を過ごした気もするし、まだ数分しか経っていないような気もする。

そんな不思議な場所で、俺は一つの世界を作った神様に自分の思い出を語って聞かせた。

ステータスや魔法というゲームみたいな力がある新しい世界にワクワクし、心の底から楽しいと感じたこと。

自分に愛を注いでくれる家族や、パートナーとも呼べる存在のアテナと出会って幸せだと感じたこと。

あっちの世界ですでに一部の力では最強クラスの強さを身につけたこと。

その他にも色んな思い出話を沢山した。

神様は、そんな俺の話に熱心に耳を傾け、俺が楽しそうに話す様《さま》を見て喜んでくれた。

前世では、正直神様を何度も恨んだりもしたけど、この神様と出会えたおかげで、そんな記憶はもう消えている。

目の前の神様が楽しい思い出をくれて、辛かった過去を上書きしてくれたからだ。

俺は、一体どれだけの恩を受けたのだろうか。

俺の一生をかけても返しきれないほどの恩だ。

それに、相手は世界を作り出した唯一無二の絶対的存在。

どうすれば恩を返せる？　どうすればこの恩人に俺の想いを届けられる？　どうすれば……。どうすれば……

「そんなに考え込む必要なんぞないじゃろう」

　俺の心を読んだ神様が、呆れ顔で言った。

「そりゃあ、神様にとったら俺からの恩返しなんて大したことないかもしれないけど……」

「そういう意味じゃあないわい」

「え……？」

「はあー。お主、少しは変われたのかもしれないが、まだまだ大馬鹿者じゃのう」

　神様は、やれやれと二、三回首を横に振り、言葉を続ける。

「恩を受けたと思ってくれているのは儂としても嬉しいがのう。そもそも儂は世界を作った神であり、儂のすることこそ世界の運命でもあるのじゃ。だから、お主が地球で死んだ後に、儂がお主を生き返らせたのは運命の導き。恩を感じる必要などない。新しい世界での三年間もそうじゃ。儂はきっかけを与えたにすぎない。何をそこまで感謝する必要がある？　お主が精一杯生きたからこそ、今があるんじゃぞ？　今のお主があるのは、誰のおかげでもない。全てお主が考え行動して生きたからじゃ。過去の自分を見るのではなく、今の自分を見つめるのじゃ。お主はすでに立派な生き方を、幸せな日々を送れているのじゃ。自分の力での」

「神様……」

そうだな。確かにその通りだ。

新しく生まれ変われたのは、神様のおかげだ。

でも、その後の今に至るまでの三年間は違う。

恩を感じているのは間違いないけど、それにばかりとらわれて、大事なことを見落としていたのかもしれない。

精一杯生きると決めて、色んな人達の力を借りて、育ててもらい、自分でも努力した結果が今なんだ。自分が頑張ったから、頑張れたからこそ今があるんだ。

俺は過去の自分が嫌いだった。不幸なことを仕方ないと思い、諦めていた自分が嫌いだった。

でも、今は違う。

心から笑える自分が好きだ。

努力を惜しまない自分が好きだ。

家族のことが大好きな自分が好きだ。

そうだ、俺は今の自分自身を、自分の生き方を誇りに思っている。

ただのナルシストだと思われたって別に構わない。

過去の自分を今の自分に上書きできたからこその今だ。

そんな自分のことを、俺は世界に誇れる。

俺は、自分が大好きだ！

俺を愛してくれるみんなが大好きだ！

そして、アステルという素晴らしい世界が大好きだ！

「ふぉっふぉっふぉ。少しは成長できたようじゃのう。では、これより、ルカルド・リーデンスの信仰心に対する対価を授ける。心して受け取るのじゃ」

へ？　何言って……？

聞き返そうとした次の瞬間、俺の視界は再びブラックアウトした。

◆

目が覚めると、見知らぬ天井……ではなく、さっきまでいた真っ白い部屋の中だった。

視界がブラックアウトしたので、てっきり現実に戻されるのかと思ったが、どうも違うらしい。

起き上がって周りを見渡すと、神様はまだすぐ側にいた。

そして、先程まではいなかった綺麗な女性がその隣に立っていた。

腰の辺りまで伸びた綺麗な銀髪。シャープなメガネをしていて、知的な雰囲気を醸《かも》し出している。

そしてメガネの奥の瞳は翡翠《ひすい》色。キリッと鋭い目力を感じる。

身長は百七十センチメートルくらいで、女性にしては少し大きいが、スラッとした容姿と相まって、とても美しい。

「ふぉっふぉっふぉ、べた褒めじゃのう」

神様にそう言われてやっと、俺は心の声が筒抜けになっていることを思い出した。

しかし、もう遅い。この場にいる時点で、あの美人さんも神に等しい存在だと考えた方がいい。

てか、あれは絶対女神様だろう。

隣のじじいとは比べ物にならないほどの美しさと神々《こうごう》しさが出ているし。

そんな女神様に俺の心の内がバレたと思うと、〝恥《は》ずか死《し》〟してしまいそうだ。

「いや、お主、今どさくさに紛れてじじいって言わなかったか？」

「え？　何をおっしゃっているのかわかりませんですよ、神様様。そ、それで、その、隣の女神様は一体どなたですか？」

先程、俺が心の中で彼女の容姿やスタイルを褒めたせいで照れてしまったのか、顔を赤く染めて俯いている。まあ、俯いていようといなかろうと、初対面だから誰だかわからないことには変わらないのだが……

「ん？　お主、こやつが誰だか気づいておらんのか？」

神様の口ぶりでは明らかに俺が知っている誰かっぽいので、俺は改めて彼女の容姿をじっくりと

観察してみる。

顔は相変わらず俯き気味だし、やはり容姿だけでは見当が付かない。

せめて声を聞けばわかるかもしれないけど……って、そもそも俺は女神の知り合いなんていないんだけど？

「それくらい知っておるわ。そもそも、この者は、先程儂が生み出した女神じゃ」

神様がいきなりぶっ飛んだことを言い出した。

さっき生まれたばかりの女神様を俺が知っているわけないじゃないか！

文句を言ってやろうと思ったら、心を読んだ神様が機先を制して話しだした。

「いや、女神としては先程だが、この者の存在自体はもっと前に生み出されていたぞ。そして、その生みの親は他ならぬ、お主だ」

「え？　俺ですか？　いや、俺にはそんな美人さんを生み出した記憶は……って……」

俺の中に、一つだけ心当たりが思い浮かんだ。

いや、でもそんなの、あり得るのか？

だって、彼女は……アテナは、スキルだぞ？

「ふぉっふぉっふぉ。わかっておるじゃないか」

俺が頭の中でアテナの名を出した瞬間、神様は優しい笑みを浮かべながら女神様の背中をひと押しした。

え？　マジなのか？　本当の本当に、この人……女神がアテナ？

いや、でもアテナはスキルだから、実体なんて存在しないはずだろ？

「……マ、マスター……」

どもりながらも、彼女が小さな声で呟いた。

その声を聞いて、俺は彼女がアテナだと確信した。

「その呼び方……その声……ほ、本当にアテナなのか」

「は、はい!!　ずっと、ずっとお会いしたかったです！　マスター!!」

アテナは目に涙を浮かべながら、俺の胸に飛び込んできた。

いや、アテナの方が圧倒的に大きいので、逆にアテナの胸に抱きかかえられる形になったが、そんなことはどうでもいい。

目が覚めたら、凄く美人な女神様がいて、それが俺のパートナーのアテナだった。

これは現実なのか？　いや、ここは神界だから、現実ではないのはわかっている。

でも、夢ではない。つまり、本当にアテナが女神になって、実体化していると考えていいのか……？

一度はアテナだと確信したものの、あまりに突然の出来事すぎて、自信がなくなってしまう。

神様は何故か挑発的な発言をしてくる。

「そんなに信じられないか？　儂は、お主が最も信頼しているのはてっきりそこにおるアテナだと思い込んでおったが、どうやら違ったようじゃのう」

いまだテンパっている俺は、その挑発に反応できなかったが、彼女は別だった。

神様の挑発を真に受けた彼女は、〝信じてくれないんですか？〟と言わんばかりに悲しげな表情を浮かべて、俺の顔を覗き込んでくる。

そんな顔を見せられてしまったら、もう疑えない。

認めるしかない。

この子はアテナだ。

二年と少しの間、パートナーとしてずっと共に生きてきたからこそわかる。

俺が世界で最も頼りにしている、俺だけのパートナー。それがアテナだ。

「ごめん、ちょっといきなりすぎたから、受け入れるのに時間がかかったよ。でも、もう大丈夫」

俺の言葉を聞いて、アテナの曇《くも》った表情が和らいだ。そんな彼女の顔を改めて至近距離で見て、思った……

「アテナ……凄く綺麗だね。見惚れちゃうよ」

「はぅぅぅ～」

俺が率直な感想を口にすると、アテナは顔を真っ赤にして、変な言葉を発しながらその場でへたりこんだ。

いやあ、それにしても本当に美人だ。

まあ、アテナが美人なのは当たり前かな？

あれだけ有能な秘書っぽい役割を果たしてくれていたから、実体化するなら眼鏡美人だと思っていたんだ、実は。

「ほう。じゃから、実体化する際の容姿に細かい指定があったのか。なるほどのう。お主、尽くされとるのう」

真実が暴露《ばくろ》されると、アテナはさらに赤面し、今度は恨みがましい目を神様に向けた。

てか、わざわざ俺の好みに合わせて実体化してくれるなんて、アテナはやっぱり可愛いやつだな。

お礼に頭を撫でてあげよう。

「うぅぅ～」

アテナはなんとも気持ちよさそうな声を出して喜んでくれた。

「おい、お主ら、そんなに儂の前でイチャイチャしないでほしいんじゃが……ここ、一応儂の家みたいなもんなのじゃぞ？」

神様は何やらひがんでいる様子だが、アテナとイチャイチャするななんて、無理な話だろう。

今までずっと身近にいたけど触れられなかった存在のアテナが、俺のストライクゾーンど真ん中の容姿で実体化しているんだぞ。

人は見かけで判断するなとは言うが、神のアテナにそれは当てはまらない。そもそも、綺麗な女神様を前にして理性など働くはずもないじゃないか。

それに、アテナの場合は、中身も最高の女だから、なんの心配もいらない。

俺はその後も、神様の小言を無視して、アテナと触れ合った。

でも、これを叶えてくれたのは神様なので、ちゃんとお礼も言っておかなければいけないよな。

「「ありがとうございます、神様」」

アテナとお礼の言葉を発するタイミングがかぶって、さらにイチャイチャタイムが伸びてしまったのは、言うまでもない。

「別に、羨ましくなんてないんじゃからね？」

お爺神のツンデレ発言……誰得？


それからしばらくはアテナとのイチャイチャタイムが続いた。

俺はいつまでもこのままでいたいと思っていたのだが、この状況をどうしても我慢できなくなった神様がついにぶちギレてしまい、泣く泣く離れることになった。

その後、神様に今のアテナと前までのアテナとの相違点を簡単に説明してもらった。

まずアテナは、スキルという概念から、アステルという世界の知識の女神へと存在を昇華されている。

それによって、スキルの時とは比べ物にならないほどの知識を備えたのだそうだ。

うん、俺なんかよりはるかにチートキャラになっているね。さすがアテナだ。

実体化した彼女のことを、どうやって家族に説明しようか悩んだが、スキルの時同様に俺の中に入れるし、なんなら俺以外に姿を見せない状態での実体化も可能というチート性能ぶりだ。

家族に彼女の存在を隠すみたいで、ちょっぴり罪悪感もあるけど、いきなり自分のスキルが神化したなんて言ったら、頭がおかしくなったと思われそうだから、今の時点では隠しておくのがいいと判断した。いつか言える日がくればいいなー、くらいに思っておこう。

その他にも色々と変わったところはあるものの、日常を過ごす上では特に支障をきたすような問題もなかったので安心した。

女神になると神としての〝お勤め〟みたいなものが生じるのではないかとも思っていたが、違ったようだ。

最後に、そんなチートな女神のアテナを体に宿している状態の俺自身には何も影響がないのか心配になって、神様に聞いてみたところ……返ってきた答えは、とんでもないものだった。

「ああ、言うのを忘れておったわ。一応、世界の理《ことわり》として、神の上に人が立つことは不可能じゃからな。お主には悪いが、お主も神化しておいたんじゃったわ」

「……」

「ん？　どうしたんじゃ？　なんじゃ、神に仲間入りできてフリーズするくらい嬉しかったのか？　まったく、仕方のない男じゃの」

「……」

「おい、黙っとらんでなんとか言わんか。現人神《あらひとがみ》ルカルドよ。なんとか……」

「……」

「あ、あの、そのー、わ、儂が悪かったのじゃ！　何も相談せずにやってしまったのは確かに儂に全責任がある！　でも、お主にはアテナを神化する以外にも、莫大な信仰心があったから、他にも褒美をあげる必要があったんじゃて。それで、仕方なかったんじゃ。ほら、何か言わんか、いつものあの調子はどうしたんじゃ⁉」

「……」

「いや、ずっと黙っていると怖いじゃろうが。え？　ま、まさかガチで怒っておるのか？　本気の本気で怒っておるのか？　本気と書いて、マジなのか？　いや、そのなんじゃ、ほれ、あれじゃ。

小さいことは、気にするな？」

「アホかァァァァァァァっ！」

「どわぁっ⁉　いきなり叫ぶんじゃない！　びっくりするじゃろうが」

「おい、爺さん‼　何がびっくりするだ！　アホなのか？　アホなんだな⁉　全てお前のせいだろうが！　何いきなり神様にしてくれちゃってんだよ！　俺まだ三歳だぞ⁉　なんで三歳の俺を神にしてくれちゃってんだよ⁉　どうしてくれんだよ！　神っていったら不老不死になるんだろ？　おい、ふざけんなよ！　どうせなら大人になってからにしてくれよ！　どうしてこんなガキンチョの状態で神にしたんだよおぉおおお！」

「え、えぇー⁉　キレるとこ、そこなのか？　てか、そんなことにブチギレておったのか？　いきなり儂でも見抜けないほどに心を閉ざした理由がそれじゃったのか？　お主アホすぎるじゃろ」

「アホってなんじゃい！　わしゃアホちゃうわ！」

「いや、なんで口調まで儂みたいになっておるんじゃ。そして方言が飛び出るんじゃ。そもそも、前提が間違っておるわ。確かに神は不老不死ではあるが、別にそれを解除できないわけじゃないぞ？」

「え？」

「はあー……そもそもお主は、現世で生きる普通の人間のまま神へと昇華した現人神という存在じゃ。現人神というのは、神となったその後もしっかりと成長はするのじゃ。いい歳をすぎた頃には、老いを進めるのも、止めるのも自由自在になるから、不老不死といってもそこまで深刻に捉える必要はないんじゃよ」

まさかのハイスペックぶりに驚愕を隠せなかった。

てっきり、このまま三歳児の体で一生——というか、永遠に過ごさなければいけないものだと思い込んでいたが、全然そんなことないのか。

それなら、何も文句はない。

成長が止まってみんなから気味悪がられるかもしれないという心配や、いつまでも子供のままだとアテナに愛想をつかされるんじゃないかと思って精神崩壊しかけたが、どうやら杞憂だったようだ。

なんだよ、心配して損したよ、本当に。

「神様。何も言わずに神にされたことには色々と思うところはあるけど、神様はよかれと思ってやってくれたんですよね？　だったらいいです。全部受け入れます」

「ふぉっふぉっふぉ。そうか。お主がそう思ってくれたのじゃったら、儂もよかったと思うぞい。まあ、色々と今後に不安もあるじゃろうが安心せい。神としての務めを果たしてほしいなどとは、儂も考えておらんからのう。お主を新しく生まれ変わらせた時にも言ったが、お主には儂の作った世界で自由に暮らしてほしいんじゃ。いや、しいて言えば、それこそがお主に与える唯一の神命というやつなのかもしれんのう」

神様は、そう言って優しい笑みを見せた。

黙って成り行きを見守っていたアテナも、一件落着したと理解して微笑んでいた。

その微笑みが見られただけでも、神になった甲斐があったというものだ。

「また惚気《のろけ》おって、仕方のないやつじゃ」

俺の心を読んだ神様が冷やかしてくる一方で、同じく俺の心を読んでいたアテナは、顔を赤くして恥ずかしそうにモジモジとしていた。

恥ずかしいなら心を読まなければいいのに……と思うのは、俺だけかかな？

「さて、あっちの方では時間が止まってはいるのじゃが、儂にもこれから少し仕事があるのでのう。今回はこの辺でお開きとしようか」

そう言って神様は何も持っていなかった手に杖を出現させ、真っ白な床を三回、杖の先端で叩いた。すると、床に大きな魔法陣が出現し、俺とアテナだけを囲った。

どうやら、本当にこれでお開きのようだ。

「神様。その……今回は色々とありましたが、本当にありがとうございました。アテナや俺に神としての務めは期待してないと言ってましたが、俺なりに自由に生きる中で、何か神様の助けになれることを見つけようと思います。恩返しとかそういうつもりではありません。俺は、俺を生まれ変わらせてくれた――俺の二人目の父親でもある神様に親孝行をしたい。それだけです。だから、また、また、会いに来てもいいですか？」

「……馬鹿者が……いつでも歓迎するぞ……我が息子よ……」

「ふふっ。ありがとう、神様……じゃなくて、父さん！　じゃあ、行ってきます!!」

「ああ、元気に過ごすのじゃぞ」

神様の目尻に一粒の涙が光っていたのは、きっと気のせいではないはずだ。

だって、俺は、神様に息子と言われて、涙が出るほど嬉しかったから。

父さんも、元気でね？

心の中でそう思った瞬間、俺は現世へと帰還した。

「まったく……世話の焼ける息子をもったもんじゃ。それにしても、父さん……か。まったく、本当にあやつは人たらし……いや、神たらしじゃのう」

一人神界に残った神様のそんな独り言が聞こえた気がした。

◆

目を開けると、いつの間にか現世に戻っていた。

周りの人達の状況が一切変わっていないところを見るに、あれから時間はまったく経っていないようだ。

しばらくそのまま神様に祈りを捧げていると、司祭が声をかけてきた。

「ルカルド殿、無事終了したようです。お疲れ様でした」

「……ありがとうございました」

「こちらがルカルド殿専用のステータスカードになります。カードを手に持った状態で〝ステータス〟と唱えるとカードにステータスが表示されるようになっておりますので、後程ご確認ください。それと、再発行することは可能ですが、再発行料がかかってしまうので、なくさないようにお気を付けください」

「はい、わかりました」

神の祝福を受けて特に何かが変わったということはなかったが、これで無事に儀式は終了したらしい。

そのまま司祭からステータスカードの簡単な説明をしてもらった後、父さん達のもとへと戻る。

「ルカ、よく頑張ったな」

「「お疲れ様でした。ルカルド様」」

俺が祭壇から下りると、父さん、セル、アリーがそれぞれ労いの言葉をかけてくれた。

全く頑張る要素なんてなかったし、一切疲れてもいないんだけど……普通は疲れるものなのかな？

『普通なら、儀式後はかなりの疲労感や倦怠感《けんたい》に襲われるようですが、マスターの場合はその普通から逸脱したステータスなので、この程度では何も感じないのでしょう。さすが、我がマスターです！』

周りの態度に疑問を覚えていると、俺の中に戻ったアテナがそんなことを言った。

まあ、俺、神なんだもんな……。そりゃあ、普通の三歳児とは比べ物にならないステータスだわ……。いや、ステータスは神になる前からだったかな？　まあいいや。

「みんなありがとう。でも、僕は疲れてないから、大丈夫だよ」

俺が気丈に振る舞っているとでも思ったのか、三人はまだ心配そうにこちらを見ている。

「本当に大丈夫だって。ほら、ちゃんと自分で歩けるでしょ？」

そう言ってしっかりした足取りで歩けることを見せると、ようやくみんなも俺が無理していないと理解してくれて、安堵の表情に変わった。

まったく、揃いも揃って過保護すぎだよな。

「司祭様。今日はありがとうございました」

「ルカルド殿の今後に、幸多《さち》からんことを」

最後に司祭にお礼を言い、俺達は神殿を後にした。


「それで、どうだった？　ルカのことだから神様から凄い力をもらったんじゃないのか？」

馬車に戻るとすぐに、父さんが聞いてきた。

「いや、特に何も変わってないよ」

「ははは、そうか。まあ、ルカはもともと凄すぎるからな」

さすがに、神様になれたなんて言えるわけがないので、俺は適当にはぐらかした。

嘘をつくという行為に少し罪悪感を覚えるが、俺が神であるという事実は、アテナとの二人の秘密として墓場まで持っていくつもりだ。

まあ、死なない体になったから墓場も糞もないけどね？

さて、ステータスカードを手に入れたことだし、早速確認してみようじゃないか。

果たして俺のステータスはどうなってるんだろうな。

「ステータス……」

ルカルド・リーデンス　3歳　LV：1

体力：5850／5850　魔力：208560／208560
筋力：5500　耐久：6500　速さ：7800
器用：12354　知力：158650　精神：149650

【加護】
創造神アステルの加護　闘神ガイダスの加護　知神アテナの加護　魔法神マギの加護
商業神トルルコの加護　大地神ミルアの加護　愛神アーリオの加護
英雄神ウディスの加護　精霊神ラムの加護

【称号】
リーデンス子爵家次男　神童　転生者　世界最年少賢者　魔導帝王　歴史を知る者
智慧の帝王　闘帝　木精霊の主　現人神　知神の主　人たらし　神たらし
精霊たらし

【パッシブスキル】
幸運（神）ＬＶ：ＭＡＸ　無詠唱（神）ＬＶ：ＭＡＸ　言語習得（神）ＬＶ：ＭＡＸ
隠蔽（神）ＬＶ：ＭＡＸ　聞き耳（神）ＬＶ：ＭＡＸ　体力回復（神）ＬＶ：ＭＡＸ
魔力回復（神）ＬＶ：ＭＡＸ　健康（神）ＬＶ：ＭＡＸ　並列思考（神）ＬＶ：ＭＡＸ
高速思考（神）ＬＶ：ＭＡＸ　集中（神）ＬＶ：ＭＡＸ　商人（精霊）ＬＶ：５
料理（覇王）ＬＶ：８

【アクティブスキル】
身体強化（神）ＬＶ：ＭＡＸ　魔力感知（神）ＬＶ：ＭＡＸ　魔力操作（神）ＬＶ：ＭＡＸ
鑑定（神）ＬＶ：ＭＡＸ　隠密（神）ＬＶ：ＭＡＸ　千里眼（神）ＬＶ：ＭＡＸ
探知（神）ＬＶ：ＭＡＸ　地図（神）ＬＶ：ＭＡＸ

【耐性スキル】
苦痛耐性（神）ＬＶ：ＭＡＸ　精神耐性（神）ＬＶ：ＭＡＸ　物理耐性（神）ＬＶ：ＭＡＸ

【武術スキル】
格闘術（神）ＬＶ：５
【魔法スキル】
火魔法（神）ＬＶ：７　水魔法（神）ＬＶ：５　氷魔法（神）ＬＶ：５
雷魔法（神）ＬＶ：１　風魔法（神）ＬＶ：６　土魔法（神）ＬＶ：ＭＡＸ
木魔法（神）ＬＶ：２　光魔法（神）ＬＶ：５　闇魔法（神）ＬＶ：２
無魔法（神）ＬＶ：ＭＡＸ　治癒魔法（神）ＬＶ：ＭＡＸ　結界魔法（神）ＬＶ：ＭＡＸ
重力魔法（神）ＬＶ：５　付与魔法（神）ＬＶ：２　時空間魔法（神）ＬＶ：４
精霊魔法（王）ＬＶ：１　契約魔法（王）ＬＶ：１　召喚魔法（王）ＬＶ：１
生活魔法（神）ＬＶ：ＭＡＸ
【生産スキル】
錬金術（神）ＬＶ：１　鍛冶術（帝王）ＬＶ：１
【学系スキル】

算術（神）ＬＶ：ＭＡＸ　薬術（帝王）ＬＶ：１

【ユニークスキル】

成長促進（神）ＬＶ：ＭＡＸ　願望（神）ＬＶ：ＭＡＸ　超回復（神）ＬＶ：ＭＡＸ

俺は、そっとステータスカードから目を背けた。

ステータスが一気に飛躍的《ひやくてき》に伸びて、ほとんどのスキルの位が神になっているのを見て、改めて神になったのだと実感させられた。

まあ、そもそも俺のステータスはぶっ壊れていたので今更か。

神になろうがなるまいが、俺の今世での目的は変わらない。

大好きな人達と幸せに暮らすことしか考えていないのだ。

神様だって、別に何かやらせるために俺を神にしたわけでもない。ただ、俺の心の奥底でひっそりと願っていた、〝アテナと会いたい〟という欲望を叶えるために神にしただけだ。それ以上でも以下でもない。

アテナとお揃いの神になれたんだから、それでいいじゃないか。ペアルック（？）最高だよ。

ハッハッハ。

そんなことを考えながら馬車に揺られて、数時間ぶりに屋敷に帰ってきた。

「ルカが帰ってきたあー！」

馬車が屋敷の前に着くと、早速姉さんの叫び声が聞こえてきた。神界に行っていたせいか、なんだかとても懐かしく感じる。

馬車から降りると、玄関の前で使用人を含めた家族全員が出迎えてくれた。

思えば家族を残して出かけたのは今回が初めてで、こうして俺の帰りをみんなが出迎えてくれたことに感動したのは言うまでもない。

「「「おかえり、ルカ」」」

「「「「「おかえりなさいませ、ルカルド様」」」」」

父さんや、セル、アリーもいるのに、まるで俺だけを出迎えているかのような言葉だったが……気にしないでおこう。

「ただいま。母さん、姉さん、兄さん、みんな！」

現実の時間にすれば数時間ぶりではあるが、俺にとっては神界に行っていた時間もあったので、かなり久しぶりに思えて、喜びもひとしおだ。

俺は馬車から降りると駆け出して母さんにダイブ。そのまま抱きついた。

「あらあら？　ルカったらどうしたの？　私と離れてそんなに寂しかったの？　まったく、可愛いんだからー」

母さんは俺の勢いに最初は驚いていたが、すぐに受け入れて優しく抱きしめて頭を撫でてくれた。

それが堪らなく気持ちよくて、懐かしくて、俺はついつい甘えてしまう。

しかし、時間にして数十秒だけだというのに、俺が母さんに独占されている状況に寂しさを感じた姉さんが割り込んでくる。

「母さん、私にもルカちょうだい！」

俺は今一度母さん成分をしっかりとチャージしてからゆっくりと離れ、すぐに姉さんに抱きついた。

「おっと！　ルカ、よしよし、いい子にしていたか？　まったく、いきなり抱きついてくるなんて、仕方のない弟だなっ！　だけど、そんな甘えん坊のルカも私は大好きだぞ！」

姉さんはどこか恥ずかしそうに言いながら、俺を受け入れてくれた。

姉さんは自分から抱きついてくる時は物凄い力を入れるのだが、何故か俺から抱きついた時は意外なほどに優しい。

強く抱きしめられるのも良いけど、こうしてたまに優しく包み込んでくれる瞬間が大好きだ。

その後、姉さんに数分間拘束されるという事態が起こり、屋敷に入るまでにかなりの時間を要した。

そんないつもの光景、いつものやり取りが、今の俺にとってはたまらなく居心地のよいものであった。

俺が神になっていることをみんなは知らないが、言わなければこの穏やかな日常は何も変わらない。

……いや、仮に言ったとしても、みんならきっと神になった俺でも受け入れてくれるはずだ。

でもその事実は、現世ではアテナとの二人だけの秘密だから、みんなには明かさない。

みんなのことはとても好きだけど、それと同じくらいアテナのことも大好きだ。

そして、アテナはみんなとは違って、いつも俺と一緒に触れ合えるわけではない。だから、少しだけ彼女を特別扱いしても、罰は当たらないよな?

これからも大好きなみんなと幸せな生活を続けていきたい。

俺は神になって死ななくなったが、みんなが天寿《てんじゅ》を全うし、その生を終える時まで、ずっと、ずっと幸せに暮らしていきたい。

大好きなみんなとの幸せな暮らしを守る——それを神としての最初の役割にしよう。

私利私欲のために神としての力を使うのは悪いことなのかもしれない。

でも、人っていうのは、本来自分勝手な生き物だ。

前世では自分を押し殺して、運命に流されるまま生きた結果、不幸につきまとわれた。

だからこそ、今世では後悔するような生き方はしたくない。

自分勝手に生きなかった結果が前世なら、今世ではその逆の人生を歩んで、幸せを掴み取ってみせる。

仮にもしも、今世でも不幸な出来事がふりかかってきたならば……

その時は、真っ向から戦おうじゃないか。

家族のみんなと俺の幸せを勝ち取るために、俺はいつでも受けて立つ。

さあ、かかってこい。

不幸よ、今世の俺は……強いぞ？

ネットで話題沸騰！
アルファポリスWeb漫画
面白い漫画が毎週読める!!
アルファポリスCOMICS
ゲート GATE 自衛隊 彼の地にて、斯く戦えり
原作：柳内たくみ《Yanai Takumi》 漫画：竿尾悟《Sao Satoru》
原作：秋川滝美
漫画：しわすだ
居酒屋ぼったくり BOTTAKURI
原作 犬社護 漫画 桐沢十三
元構造解析研究者の異世界冒険譚
原作 小狐丸 漫画 ささかまたろう
いずれ最強の錬金術師？
原作 神尾優 漫画 石田総司
超越者となったおっさんはマイペースに異世界を散策する
人気連載陣
● THE NEW GATE
● 月が導く異世界道中
● 最強の職業は勇者でも賢者でもなく鑑定士（仮）らしいですよ？
● 異世界に飛ばされたおっさんは何処へ行く？
● 素材採取家の異世界旅行記
● 転生王子はダラけたい
● 異世界ゆるり紀行 ～子育てしながら冒険者します～
and more...
原作 椎名ほわほわ
漫画 六堂秀哉
とあるおっさんのVRMMO活動記
漫画：小早川ハルヨシ
Re:MONSTER リ・モンスター
選りすぐりのWeb漫画が無料で読み放題!
今すぐアクセス！ ▶ アルファポリス 漫画 検索
アルファポリスアプリ
スマホでも漫画が読める!
App Store/Google play でダウンロード!

この作品に対する皆様のご意見・ご感想をお待ちしております。
おハガキ・お手紙は以下の宛先にお送りください。

【宛先】
〒150-6005 東京都渋谷区恵比寿4-20-3 恵比寿ｶﾞｰﾃﾞﾝﾌﾟﾚｲｽﾀﾜｰ 5F
（株）アルファポリス　書籍感想係

メールフォームでのご意見・ご感想は右のＱＲコードから、
あるいは以下のワードで検索をかけてください。

アルファポリス　書籍の感想　検索

ご感想はこちらから

本書はWebサイト「アルファポリス」（http://www.alphapolis.co.jp/）に投稿されたものを、改稿・加筆のうえ、書籍化したものです。

成長促進《せいちょうそくしん》と願望《がんぼう》チートで、異世界転生《いせかいてんせい》スローライフ？

後藤蓮（ごとうれん）

2019年 2月 28日初版発行

編集－仙波邦彦・篠木歩・太田鉄平
編集長－塙綾子
発行者－梶本雄介
発行所－株式会社アルファポリス
〒150-6005 東京都渋谷区恵比寿4-20-3 恵比寿ｶﾞｰﾃﾞﾝﾌﾟﾚｲｽﾀﾜｰ5F
TEL 03-6277-1601（営業） 03-6277-1602（編集）
URL http://www.alphapolis.co.jp/
発売元－株式会社星雲社
〒112-0005東京都文京区水道1-3-30
TEL 03-3868-3275
装丁・本文イラスト－満水
装丁デザイン－AFTERGLOW
印刷－図書印刷株式会社

価格はカバーに表示されてあります。
落丁乱丁の場合はアルファポリスまでご連絡ください。
送料は小社負担でお取り替えします。

ISBN978-4-434-25751-3 C0093